ANIMORPHS

Alle Bände der Reihe:

Band 1: Die Invasion

Band 2: Der Besucher

Band 3: Die Begegnung

Weitere Bände folgen.

ANIMORPHS

DIE INVASION

K. A. APPLEGATE

AUS DEM AMERIKANISCHEN ÜBERSETZT
VON CHRISTOPH ARNDT

Adrian

Für Michael

ISBN: 978-3-948638-98-6
1. Auflage 2022

Die Originalausgabe ist 1996 unter dem Titel
Animorphs: The Invasion erschienen.

Published by Arrangement with SCHOLASTIC INC.,
557 Broadway, New York, NY 10012 USA
ANIMORPHS is a trademark of Scholastic Inc.

Dieses Werk wurde vermittelt durch die Literarische Agentur
Thomas Schlück GmbH, 30161 Hannover.

ADRIAN VERLAG
Adrian & Wimmelbuchverlag GmbH
Friedrichstraße 126, 10117 Berlin

Umschlagillustration: Andrea Baitz
Übersetzung: Christoph Arndt
Korrektorat deutsche Ausgabe: Inez Ulrich
Satz deutsche Ausgabe: Catherine Strefford

Printed 2023 in the EU

www.adrian-verlag.de

KAPITEL 1

Ich heiße Jake. Das ist natürlich mein Vorname. Meinen Nachnamen kann ich euch nicht verraten. Das wäre zu gefährlich. Die Controller sind überall. Überall. Und wenn die meinen vollständigen Namen wüssten, könnten sie mich und meine Freunde finden, und dann ... tja, sagen wir einfach, ich will nicht, dass sie mich finden. Was sie mit Leuten machen, die sich ihnen widersetzen, ist schrecklich. Zu schrecklich, um auch nur dran zu denken.

Ich werde euch nicht mal erzählen, wo ich lebe. Ihr müsst mir einfach glauben, dass es diesen Ort gibt. Es könnte sogar *eure* Stadt sein.

Das alles schreibe ich auf, damit mehr Menschen die Wahrheit erfahren. Vielleicht kann dann die menschliche Rasse irgendwie überleben, bis die Andaliten zurückkehren und uns retten, wie sie es versprochen haben.

Vielleicht.

Mein Leben war eigentlich völlig normal verlaufen. Normal, das heißt, bis zu jenem Freitagabend im Einkaufszentrum. Ich war dort mit Marco, meinem besten Freund. Wir vertrieben uns die Zeit mit Videospielen und hingen bei diesem coolen Laden herum, der Comicbände und so Zeugs verkauft. Das Übliche.

Uns waren die Vierteldollarmünzen für die Spielautomaten ausgegangen, gerade, als Marco deutlich nach Punkten führte.

Bei diesen Spielen waren wir meistens gleich gut. Daheim habe ich einen Sega und kann deshalb ausgiebig trainieren, aber Marco hat so eine verblüffende Fähigkeit, Spiele zu analysieren und hinter all die kleinen Tricks zu kommen. Deswegen schlägt er mich manchmal.

Vielleicht war ich auch einfach nur unkonzentriert. In der Schule war es ein mieser Tag gewesen. Ich hatte mich für die Basketballmannschaft qualifizieren wollen und war durchgefallen.

Es war nicht so wichtig, ehrlich. Außer dass Tom – das ist mein großer Bruder – dieser absolute Superstar im Basketballteam der Junior High war. Inzwischen holt er die meisten Punkte für das Highschoolteam. Daher erwartete jeder, dass ich es mit Leichtigkeit ins Team schaffen würde. War aber nix.

Wie ich schon sagte, keine große Sache. Dennoch spukte sie mir im Kopf herum. In letzter Zeit waren Tom und ich nicht mehr so oft gemeinsam abgehangen. Früher war das ganz anders. Deshalb stellte ich mir vor, wenn ich seine frühere Position in der Mannschaft bekäme ... Ist doch logo, oder?

Na ja, egal, wir hatten kein Geld mehr und waren gerade auf dem Sprung nach Hause, als wir Tobias trafen. Tobias war ... ich meine, er ist noch immer ein komischer Typ. Er war neu an der Schule und nicht eben der taffste Junge im Viertel, deshalb wurde er von den anderen oft gemobbt.

Meine erste Bekanntschaft mit Tobias war, als er gerade mit dem Kopf in einer Toilette steckte. Zwei kräftige Burschen drückten ihn nach unten und lachten, während sie die Klospülung zogen, sodass Tobias' wuscheliger Blondschopf in der Schüssel herumwirbelte. Ich sagte den beiden Fieslingen, sie sollten die Fliege machen, und seitdem meint Tobias, dass ich sein Freund sei.

»Na, was geht ab?«, fragte Tobias.

Ich zuckte mit den Schultern. »Nicht viel. Wir wollen nach Hause.«

»Kein Kleingeld mehr«, ergänzte Marco. »Gewisse Leute vergessen immer wieder, dass der Mork-Troll erscheint, sobald man den Netherfjord überquert hat. Deshalb verlieren gewisse Leute auch immer wieder das Spiel – und unser Geld.« Dabei zeigte Marco ständig mit dem Finger auf mich, nur für den Fall, dass Tobias sich nicht vorstellen konnte, wen er mit *gewisse Leute* meinen könnte.

»Also, eigentlich könnte ich jetzt auch mit euch heimlaufen«, sagte Tobias.

Klar, dass ich zustimmte. Wieso auch nicht?

Auf dem Weg zum Ausgang entdeckte ich Rachel und Cassie. Rachel ist irgendwie hübsch, finde ich. Ich meine, okay, sie ist *sehr* hübsch. Aber sie ist meine Cousine, da empfindet man das doch irgendwie anders. Sie ist blond, hat blaue Augen und sieht so richtig frisch und gesund aus. Sie gehört zu den Leuten, die sich immer richtig anziehen und so aussehen, als kämen sie gerade aus einem dieser Modemagazine. Außerdem bewegt sie sich sehr anmutig, weil sie Gymnastikunterricht nimmt, obwohl sie sagt, dass sie zu groß sei, um dabei jemals richtig gut zu sein.

Cassie ist irgendwie das Gegenteil von Rachel. Zunächst mal trägt sie fast immer Jeans und Karohemden oder sonst was echt

Lässiges. Sie ist dunkelhäutig und trägt ihr Haar meist sehr kurz. Eine Zeit lang trug sie es mal länger, aber dann entschied sie sich wieder für kurz, und mir gefällt das. Cassie ist ruhiger als Rachel, ausgeglichener und begreift die Dinge mehr auf einer anderen, mehr emotionalen Ebene.

Klar kann man sagen, dass ich Cassie schon irgendwie mag. Manchmal sitzen wir nebeneinander im Bus, obwohl ich nie so recht weiß, worüber ich mit ihr reden soll.

»Na, auch auf dem Sprung nach Hause?«, fragte ich Rachel. »Ihr solltet nicht allein durch die Baustelle laufen. Ich meine, weil ihr doch Mädchen seid und so.«

Schon verloren!

Ich hätte Rachel gegenüber nie andeuten sollen, dass sie schwach oder hilflos ist. Rachel mag zwar aussehen wie ein Teeny-Fotomodell oder sonst was, aber sie hält sich für Storm von den X-Men.

»Wirst du kommen und uns beschützen, du großer, starker Ma-a-a-nn?«, höhnte sie. »Du glaubst also, wir sind hilflos, bloß weil –«

»Ich fänd's gut, wenn sie uns begleiten«, unterbrach Cassie. »Ich weiß, *du* hast vor gar nichts Angst, Rachel, aber ich schon.«

Dagegen konnte Rachel schlecht was einwenden. So ist Cassie eben – immer hat sie die richtigen Worte parat, um jeden Streit zu beenden, ohne dass sich irgendwer als Verlierer fühlt.

Da standen wir also. Wir fünf – Marco, Tobias, Rachel, Cassie und ich. Fünf normale Jugendliche auf dem Nachhauseweg vom üblichen Kaufhausbummel.

Manchmal denke ich noch an diesen einen Moment, als wir zum letzten Mal ganz normale Kids waren. Heute kommt mir das so vor, als sei es eine Million Jahre her – als ob das damals eine ganz andere Gruppe von Jugendlichen gewesen wäre. Wisst ihr, wovor ich mich damals fürchtete? Ich hatte Angst, Tom beichten zu müssen, dass ich's nicht ins Team geschafft hatte. Das war so ungefähr das Übelste, was das Leben damals zu bieten hatte.

Keine fünf Minuten später war das Leben plötzlich deutlich furchterregender.

Um von der Shopping Mall nach Hause zu gehen, konnten wir entweder weit außen herumlaufen, was der sichere Weg ist, oder die Abkürzung über diese verlassene Baustelle nehmen und hoffen, dass sich dort keine Axtmörder herumtrieben. Meine Eltern hatten geschworen, dass ich Hausarrest kriegen würde, bis ich zwanzig bin, sollten sie je rauskriegen, dass ich die Abkürzung über die Baustelle genommen habe.

Wie dem auch sei, wir überquerten jedenfalls die Straße und betraten das verlassene Baugrundstück. Es war ein ausgedehntes Gelände, an zwei Seiten von Bäumen gesäumt und vom Einkaufszentrum durch die Schnellstraße getrennt. Zwischen der Baustelle und den ersten Häusern unseres Viertels liegt ein weites freies Feld. Ein wirklich einsames Plätzchen.

Ursprünglich sollte hier das neue Einkaufszentrum entstehen. Jetzt standen all diese Gebäude halb fertig herum und glichen einer Geisterstadt. Überall lagerten gewaltige Haufen verrosteter Stahlträger und Pyramiden aus riesigen Betonröhren. Es gab kleine Erdhügel und tiefe Gruben, die sich mit schwarzem, modrigem Wasser gefüllt hatten; außerdem stand dort ein im Wind quietschender, rostiger Baukran, auf den ich mal geklettert war, während Marco unten blieb und zu mir hoch rief, dass ich bekloppt sei.

Es war ein total öder Platz, voller Schatten und Geräusche, bei denen einem die Haare zu Berge stehen konnten. Wenn Marco und ich tagsüber hierhergingen, fanden wir oft leere Bierdosen und Schnapsflaschen. Und manchmal stießen wir in den hintersten Winkeln der Gebäude auf Aschereste von kleinen Lagerfeuern. Daher wussten wir, dass nachts Leute hierher kamen. All das ging mir so durch den Kopf, während wir über das Gelände schlichen.

Tobias sah es als Erster. Er hatte im Gehen zum Himmel geschaut. Ich denke mal, dass er sich die Sterne anschauen wollte oder so. Wie Tobias eben manchmal so ist – gedankenverloren und weit weg in seiner eigenen Welt.

Plötzlich blieb Tobias stehen. Mit dem Finger zeigte er fast senkrecht in die Luft. »Schau mal da«, sagte er.

»Was?« Ich wollte nicht abgelenkt werden, denn ich war mir ziemlich sicher, dass ich gerade einen Kettensägenmörder gehört hatte, der sich an uns heranschlich.

»Sieh doch!«, sagte Tobias. Seine Stimme klang merkwürdig. Verblüfft – und zugleich sehr ernst.

Also schaute ich nach oben. Und da war es. Ein leuchtendes, blauweißes Licht, das über den Himmel raste, erst schnell – zu schnell für ein Flugzeug –, dann immer langsamer. »Was ist das?«

Tobias schüttelte den Kopf. »Keine Ahnung.«

Ich sah Tobias an, und er mich. Wir wussten beide, wofür wir es *hielten*, aber wir wollten es nicht aussprechen. Marco und Rachel hätten sonst gelacht. Dachten wir.

Aber Cassie platzte einfach damit heraus. »Das ist eine fliegende Untertasse!«

KAPITEL 2

»Eine fliegende Untertasse?«, fragte Marco. Und lachte natürlich. Allerdings nur, bis er nach oben sah.

Ich spürte, wie mein Herz heftig in meiner Brust schlug. Ich fühlte mich seltsam – aufgeregt und ängstlich, beides auf einmal.

»Es kommt hierher«, sagte Rachel.

»Kann man nicht wissen.« Ich konnte kaum flüstern, so trocken war mein Mund.

»Doch, es kommt hierher«, wiederholte Rachel. Sie hat schon eine sehr bestimmende Art zu sprechen. Man begreift sofort, dass sie von allem, was sie sagt, total überzeugt ist.

Rachel sollte Recht behalten. Was immer es war, es kam näher. Und es wurde langsamer. Jetzt konnte ich ganz deutlich die Umrisse erkennen.

»Sieht gar nicht aus wie eine fliegende Untertasse«, murmelte ich.

Vor allem schien es gar nicht so groß zu sein, eher lang wie ein Schulbus. Das vordere Ende glich einer fast eirunden Samenkapsel. Aus dem hinteren Ende dieser Kapsel wuchs ein langer, schlanker Schaft. An dessen Seiten befanden sich zwei krumme, stummelförmige, flügelartige Gebilde, und an der Rückseite beider Flügel war je ein langes Rohr, das an seinem hinteren Ende hellblau glühte.

Das kleine Raumschiff sah fast niedlich aus. Ihr versteht schon – irgendwie harmlos. Bis auf die Tatsache, dass es eine Art Schwanz hatte – einen bösartig wirkenden Schwanz, der aufwärts gebogen und nach vorn gekrümmt war und in ein nadelspitzes Ende mündete.

»Dieser Schwanz da«, sagte ich. »Sieht aus wie eine Waffe.«

»Absolut«, pflichtete Marco bei.

Das kleine Schiff kam immer näher und verlangsamte dabei seine Geschwindigkeit immer mehr.

»Es stoppt«, stellte Rachel fest. Sie hatte den gleichen seltsamen, etwas unwirklichen Tonfall in der Stimme wie ich. So, als ob wir nicht glauben konnten, was wir da sahen. Vielleicht wollten wir es auch einfach nicht glauben.

»Schätze, es sieht uns«, sagte Marco. »Sollen wir abhauen? Vielleicht sollten wir nach Hause rennen und eine Kamera holen. Wisst ihr, wie viel Geld wir für ein Video von einem echten UFO bekommen würden?«

»Wenn wir weglaufen, tun sie uns womöglich ... ich weiß nicht, vielleicht zappen sie uns dann mit auf volle Kraft gestellten Phasern weg«, stammelte ich. Ich hatte das irgendwie witzig gemeint.

»Phaser gibt's nur in Star Trek«, antwortete Marco und verdrehte die Augen, wie er's immer macht, wenn er mich für bescheuert hält. Als wenn er der Fachmann für außerirdische Raumschiffe wäre. Ist doch wahr!

Das Schiff hielt an und schwebte nun fast direkt über unseren Köpfen in vielleicht dreißig Metern Höhe. Ich konnte fühlen, wie meine Haare vom Kopf abstanden. Als ich zu Rachel hinübersah, hätte ich sogar fast gelacht. Sie hat so eine lange blonde Mähne, und die stand jetzt igelförmig nach allen Seiten ab. Nur Cassie sah normal aus.

»Was meinst du, was das ist?«, fragte Marco. Jetzt, wo das Ding so nah war, klang seine Stimme etwas zittriger, gar nicht mehr so gelassen. Um ehrlich zu sein, auch ich hatte ein bisschen Angst ... Ein bisschen? Also, ich hatte dermaßen Schiss, dass ich mich nicht mehr rühren konnte. Gleichzeitig aber war dies das Coolste, was man sich überhaupt nur vorstellen kann. Ich meine, da war ein Raumschiff! Direkt über meinem Kopf!

Tobias grinste sogar, aber so ist Tobias eben. Er hat nie Angst vor verrückten Sachen. Es ist die Normalität, die er nicht ertragen kann. »Ich glaube, es wird gleich landen«, sagte er mit diesem breiten Lächeln im Gesicht. Seine Augen leuchteten vor Erregung, und sein Blondschopf stand büschelweise ab.

Das Schiff senkte sich herab. »Es kommt direkt auf uns zu!«, rief ich.

Mit aller Kraft musste ich mich dagegen wehren, nicht nach Hause zu rennen, mich dort in mein Bett zu verkriechen und mir die Decke über den Kopf zu ziehen. Aber ich wusste, dass hier etwas Wichtiges geschah. Mir war klar, dass ich dableiben und mir alles ansehen musste.

Vermutlich ging es den anderen genauso, denn wir standen alle bloß da, während das Schiff summend und glühend langsam auf einer freien Fläche zwischen Schrotthaufen und eingestürztem Mauerwerk niederschwebte. Auf der Oberseite der Kapselsektion bemerkte ich schwarze Brandspuren. Die Außenhaut der Kapsel war teilweise geschmolzen. Kaum, dass das Schiff den Boden berührt hatte, erloschen die blauen Lichter. Rachels Haar fiel auf ihre Schultern zurück.

»Gar nicht so groß, oder?«, flüsterte Rachel.

»Ungefähr« – ich versuchte nachzudenken – »ungefähr drei- bis viermal so groß wie unser Minivan.«

»Wir sollten jemanden informieren«, meinte Marco. »Ich meine, das ist doch ein Knüller, versteht ihr? Raumschiffe landen nicht einfach jeden Tag auf 'ner Baustelle. Wir sollten die Polizei anrufen oder die Armee oder den Präsidenten oder irgendwen. Wir werden irre berühmt! Bestimmt wird man uns in eine TV-Show einladen.«

»Da hast du recht«, stimmte ich zu. »Wir sollten jemanden holen.« Aber keiner von uns rührte sich vom Fleck. Niemand von uns lief so einfach von einem Raumschiff weg.

»Ich frage mich, ob wir nicht versuchen sollten, Kontakt aufzunehmen«, schlug Rachel vor. Sie stand da, die Hände in die Hüften gestemmt, und betrachtete das Raumschiff, als ob es ein Rätsel wäre, das sie lösen musste. »Ich meine, wir sollten kommunizieren. Falls das überhaupt möglich ist.«

Tobias nickte. Er trat nach vorn und streckte die Hände aus. Vermutlich wollte er demjenigen, der sich in dem Schiff befand, zeigen, dass er keine Waffe trug. »Wir werden dir nichts tun«, verkündete er mit lauter, klarer Stimme.

»Glaubst du, die sprechen Englisch?«, fragte ich verwundert.

»Na ja, in Star Trek reden sie alle Englisch«, sagte Cassie und lachte nervös.

Tobias versuchte es noch einmal. »Bitte, komm heraus. Wir werden dir nichts tun.«

<Ich weiß.>

Ich erstarrte. Okay, ich hatte definitiv jemanden »Ich weiß« sagen hören, nur ... da war kein Geräusch gewesen. Ich meine, ich hörte es schon, bloß eben nicht wirklich.

Vielleicht war dies alles ein Traum. Ich schielte seitlich zu Cassie hinüber. Sie schaute zurück. Sie hatte es auch gehört. Ich sah Rachel an. Sie drehte den Kopf hin und her, so, als ob sie suchte, woher dieses Geräusch – das kein Geräusch war – gekommen sein konnte. In mir begann sich ein komisches, unbehagliches Gefühl auszubreiten.

»Habt ihr das auch gehört?«, flüsterte Tobias.

Wir nickten alle zugleich, sehr langsam.

»Kannst du herauskommen?«, fragte Tobias mit seiner lauten, Alien-erprobten Stimme.

<Ja. Habt keine Angst.>

»Haben wir schon nicht«, sagte Tobias.

»Du hast gut reden«, murmelte ich. Die anderen kicherten nervös.

Ein schmaler Lichtspalt erschien, und langsam öffnete sich an der glatten Seite der Kapselsektion des Schiffs ein Eingang. Reglos stand ich da, total hypnotisiert. Ich starrte nur und wartete ab.

Die Öffnung wurde größer, erst wie ein Halbmond, dann wie ein voller, leuchtender Kreis.

Und dann kam er.

Mein erster Gedanke war, dass hier jemand einen Menschen mit einem Hirsch zusammengeklont hatte. Das Wesen hatte einen Kopf und Schultern und Arme, die mehr oder weniger dort waren, wo sie hingehörten; die Haut allerdings hatte einen blassblauen Teint. Unterhalb davon aber trug er ein Fell, eine Mischung aus Blau und Gelbbraun, das einen vierbeinigen Körper bedeckte, der tatsächlich so aussah, als gehörte er zu einem Hirsch oder vielleicht zu einem kleinen Pferd.

Er zog den Kopf ein und trat aus der Türöffnung ins Freie. Jetzt konnte ich erkennen, dass selbst seine recht normal aussehenden Körperteile keineswegs so normal waren. Erstens hatte er keinen Mund, sondern nur drei senkrechte Schlitze. Und dann waren da seine Augen. Zwei davon befanden sich da, wo man sie vermutet hätte, hatten aber eine glitzernde grüne Farbe, die irgendwie schockierend war. Doch der richtige Schock waren die *anderen* Augen. Er trug etwas, das wie zwei Hörner aussah, nur saß an der Spitze jedes Horns ein Auge. Die Hörner waren beweglich, drehbar, sodass er die Augen nach vorn und hinten oder nach oben und unten richten konnte.

Ich dachte, die Augen wären das Irrste – bis ich den Schwanz sah. Er war wie der Schwanz eines Skorpions, dick und kraftvoll. An seinem Ende befand sich ein unheilvoll gekrümmter, sehr spitzer Hornfortsatz oder Stachel. Er erinnerte mich an das Raumschiff des Außerirdischen. Das hatte auch irgendwie niedlich und harmlos ausgesehen, bis man den Schwanz bemerkte. Auf den ersten Blick wirkte der Außerirdische ebenfalls irgendwie harmlos. Dann fiel einem sein Mordsschwanz auf, und man dachte bei sich: Mannomann, dieser Typ könnte damit Wahnsinnsverwüstungen anrichten, wenn er wollte.

»Hallo«, begrüßte Tobias ihn. Seine Stimme klang freundlich, als ob er mit einem Baby reden würde. Er lächelte.

Plötzlich fiel mir auf, dass auch ich lächelte. Im selben Augenblick merkte ich, dass meine Augen tränenfeucht waren. Ich kann echt nicht beschreiben, was in mir vorging. Ich hatte nur den Eindruck, als hätte ich diesen Alien mein Leben lang gekannt. Wie einen alten Freund, den ich ewig nicht gesehen hatte.

<Hallo>, sagte der Außerirdische in diesem lautlosen Ton, der nur im Kopf hörbar war.

»Hi«, antworteten wir alle.

Zu meinem Erstaunen strauchelte der Alien. Er stürzte aus dem Schiff und fiel zu Boden. Tobias versuchte ihn zu packen und ihm aufzuhelfen, doch der Außerirdische rutschte aus seinem Griff und fiel zurück auf die Erde.

»Sieh mal!«, rief Cassie. Sie deutete auf eine Brandwunde, welche die rechte Seite des Aliens zur Hälfte bedeckte.

»Er ist verletzt.«

<Ja. Ich sterbe>, sagte er.

»Können wir dir helfen? Wir können einen Krankenwagen rufen oder so was«, murmelte Marco.

»Wir können seine Wunde bandagieren«, meinte Cassie. »Jake, gib mir dein Hemd. Das können wir zum Verbinden in Streifen reißen.« Cassies Eltern sind beide Tierärzte, und sie fährt voll auf Tiere ab. Nicht, dass dies hier ein Tier war. Jedenfalls nicht im eigentlichen Sinn.

<Nein. Ich werde sterben. Die Verletzung ist tödlich.>

»NEIN!«, rief ich. »Du *darfst* nicht sterben. Du bist der erste Außerirdische, der je die Erde besucht hat. Du darfst nicht sterben!« Ich weiß nicht, warum ich so aufgebracht war. Ich spürte nur, dass tief in meinem Inneren mir die Vorstellung, dass er sterben musste, wehtat.

<Ich bin nicht der erste. Es gibt noch viele andere.>

»Andere Außerirdische? So wie dich?«, fragte Tobias drängend.

Langsam wiegte der Alien seinen großen Kopf hin und her. <Nicht wie ich.>

Dann schrie er auf vor Schmerz; es war ein lautloser Schrei, der in meinem Gehirn grauenhaft fortgellte. Einen Moment lang hatte ich körperlich gefühlt, wie er starb.

<Nicht wie ich>, wiederholte er. <Sie sind anders.>

»Anders? Wie denn?«, fragte ich.

Seine Antwort wird mir unvergessen bleiben.

Er sagte nur: <Sie sind gekommen, um euch zu vernichten.>

KAPITEL 3

<Sie sind gekommen, um euch zu vernichten.>

Es war seltsam, wie wir alle einfach wussten, dass er die Wahrheit sprach. Keiner sagte »Ausgeschlossen« oder »Das erfindest du doch«. Er lag im Sterben und dennoch versuchte er uns vor etwas Schrecklichem zu warnen.

<Sie heißen *Yirks*. Sie sind anders als wir. Auch anders als ihr.>

»Willst du damit sagen, dass sie schon hier auf der Erde sind?«, fragte Rachel.

<Viele sind hier. Hunderte. Vielleicht noch mehr.>

»Wieso hat sie keiner bemerkt?«, fragte Marco nachdenklich. »Ich denke, davon hätte doch irgendwer in der Schule erzählt.«

<Ihr versteht nicht. Yirks sind anders. Sie haben keinen Körper wie euren oder meinen. Sie leben in den Körpern anderer Spezies. Sie sind ...>

Vermutlich fiel ihm kein anderer Begriff zur Beschreibung der Yirks ein. Deshalb schloss er die Augen und konzentrierte sich offenbar. Plötzlich erschien ein helles Bild in meinem Kopf. Ich sah ein graugrünes, schleimiges Ding, das so aussah wie eine Nacktschnecke, bloß größer, vielleicht so groß wie eine Ratte. Kein schöner Anblick.

»Schätze, das war ein Yirk«, meinte Marco. »Entweder ein Yirk oder ein dicker Klumpen aus schleimigem Kaugummi.«

<Ohne einen Wirt sind sie nahezu kraftlos. Sie ...>

Plötzlich spürten wir die Welle des Schmerzes, die direkt von dem Außerirdischen ausging. Ich konnte auch seine Traurigkeit fühlen. Er wusste, dass seine Zeit fast abgelaufen war.

<Die Yirks sind Parasiten. Sie benötigen einen Wirt als Lebensraum. In dieser Form nennt man sie Controller. Sie dringen ins Gehirn ein, wo sie absorbiert werden und die Gedanken und Gefühle des Wirts übernehmen. Sie versuchen den Wirt dazu zu bringen, dass er sie freiwillig annimmt. So ist es leichter. Sonst könnte der Wirt Widerstand leisten, ein wenig immerhin.>

»Soll das heißen, dass sie *Menschen* übernehmen?«, fragte Rachel. »Personen? Diese Viecher übernehmen ihre Körper?«

»Hör mal, das ist 'ne ernste Sache«, sagte ich. »Du solltest nicht uns davon erzählen. Wir sind bloß Kinder, weißt du. Man müsste die Regierung darüber informieren.«

<Wir hatten gehofft, sie aufhalten zu können>, fuhr der Außerirdische fort. <Ganze Flotten ihrer Kampfdrohnen erwarteten uns, als unser Kuppelschiff den Z-Raum verließ. Wir wussten von ihrem Mutterschiff und waren für die Kampfdrohnen gerüstet, doch die Yirks überrumpelten uns – sie hatten in einem Krater eures Mondes ein mächtiges Kommandoschiff versteckt. Wir nahmen den Kampf auf, aber ... wir haben ihn verloren. Sie haben mich hier aufgespürt. Bald werden sie hier sein, um alle Spuren von mir und meinem Schiff verschwinden zu lassen.>

»Wie schaffen die das?«, wunderte sich Cassie.

Der Alien schien mit den Augen zu lächeln. <Ihre Draconstrahlen werden von diesem Schiff nichts übrig lassen außer ein paar Molekülen und ... diesem Körper>, sagte er. <Ich habe eine

Nachricht an meine Heimatwelt abgesandt. Wir Andaliten bekämpfen die Yirks, wo immer sie sich im Universum zeigen. Mein Volk wird Hilfe schicken, aber das kann ein Jahr dauern, vielleicht auch länger, und bis dahin werden die Yirks diesen Planeten in ihrer Gewalt haben. Danach gibt es keine Hoffnung mehr. Ihr müsst es den Leuten sagen. Ihr müsst euer Volk warnen!>

Er wurde von einem neuerlichen Schmerzanfall gepeinigt, und wir alle wussten, dass es bald mit ihm vorbei sein würde.

»Niemand wird uns diese Geschichte glauben«, antwortete Marco mutlos. Er sah mich an und schüttelte den Kopf. »Keine Chance.«

Das stimmte. Wie um alles in der Welt sollten wir die Menschen überzeugen können, wenn diese Yirks das Schiff des Andaliten zerstörten? Sie würden glauben, dass wir entweder verrückt seien oder Drogen nähmen.

»Mir egal, ob er *glaubt*, dass er sterben wird – wir müssen versuchen, ihm zu helfen«, rief Rachel. »Wir können ihn in ein Krankenhaus bringen. Oder auch zu Cassies Eltern ...«

<Dafür bleibt keine Zeit. Keine Zeit>, murmelte der Andalit. Dann erschien ein Leuchten in seinen Augen. <Vielleicht ...>

»Was?«

<Geht in mein Schiff. Dort seht ihr ein ganz einfaches blaues Kästchen. Bringt es mir. Rasch! Mir bleibt nur sehr wenig Zeit, die Yirks werden bald hier sein.>

Wir schauten uns gegenseitig an. Wer von uns sollte das Schiff betreten? Irgendwie schienen sich alle einig zu sein, dass ich derjenige sein würde. Eigentlich war ich damit nicht einverstanden, aber dafür alle anderen.

»Los«, rief Tobias. »Ich will bei ihm bleiben.« Er kniete sich neben dem Andaliten nieder und legte tröstend eine Hand auf die schmale Schulter des Außerirdischen.

Ich schaute durch die Tür ins Innere des Raumschiffs. Dann blickte ich zu Cassie.

»Geh schon«, sie lächelte mir zu. »Du bist mutig.«

Da irrte sie sich; ich hatte sogar tierisch Schiss. Doch so, wie sie mir zugelächelt hatte, würde ich mich nicht aus der Verantwortung stehlen können.

Ich lief zur Tür des Schiffs hinüber und schaute hinein. Es war erstaunlich einfach. Beinahe gemütlich sah es drinnen aus. Alles war in sanften Farben gehalten, mit abgerundeten Ecken und meist ovalen Formen. Deswegen konnte ich das Kästchen auch so leicht finden. Es war himmelblau und quadratisch, mit vielleicht zehn Zentimetern Kantenlänge.

Ich ging weiter in das Schiff hinein. Einen Sitz gab es nicht, nur eine Art freien Raum, wo vermutlich der Andalit auf seinen vier Hufen stand, während er die wenigen Kontrollelemente bediente. Es gab nicht viele Knöpfe oder so was. Ich fragte mich, ob der Andalit das Schiff nicht mit seinen Gedanken steuerte.

Hastig griff ich nach dem Kästchen und machte mich auf den Rückweg. Dafür, dass es so klein war, erschien es ordentlich schwer. Doch dann sah ich etwas. Es war ein kleines, dreidimensionales Bild – vier Andaliten, die in einer Gruppe beisammen standen und aussahen wie eine seltsame Ansammlung von Hirschen mit feierlichen Mienen. Zwei von ihnen schienen noch ganz klein – Kinder. Das musste die Familie des Andaliten sein.

Der Gedanke, dass er hier, eine Million Meilen von seiner Familie entfernt, im Sterben lag, machte mich traurig: Er starb, weil er versucht hatte, die Menschen auf der Erde zu beschützen.

Ich ging zu meinen Kumpels zurück.

»Hier ist das Kästchen«, sagte ich zu dem Andaliten. <Danke.>

»Ich, ähm ... war das deine Familie? Da drinnen auf dem Bild?«

<Ja.>

»Tut mir echt leid«, stammelte ich. Was hätte ich auch anderes sagen können?

<Vielleicht könnte ich doch etwas tun, um euch im Kampf gegen die Yirks zu helfen.>

»Was denn?«, wollte Rachel wissen.

<Ich weiß, ihr seid jung. Ich weiß, dass ihr keine Macht habt, um euch den Controllern entgegenzustellen. Aber ich könnte euch mit einer bescheidenen Macht ausstatten, die sich unter Umständen als hilfreich erweist.>

Wir schauten uns alle gegenseitig an. Alle bis auf Tobias, der keinen Moment lang von dem Alien wegsah.

<Wenn ihr wollt, kann ich euch Kräfte geben, die kein anderes menschliches Wesen je besessen hat.>

»Kräfte?« Was sollte denn das bedeuten?

<Eine Errungenschaft der andalitischen Technologie, über die die Yirks nicht verfügen>, erklärte der Andalit. <Eine Technologie, mit deren Hilfe wir uns unbemerkt in vielen Teilen des Universums bewegen können – die Kraft des *Morphens*. Diese Macht haben wir immer für uns behalten. Aber ihr bräuchtet sie dringend.>

»Morphen? Wie, morphen?«, fragte Rachel und kniff die Augen zusammen.

<Um eure Körper zu verändern>, sagte der Andalit. <Um die Gestalt jeder beliebigen Art anzunehmen. Jeder Tierart.>

Marco lachte verächtlich. »Tiergestalt annehmen?« Marco ist nicht gerade das, was man leichtgläubig nennt.

<Ihr braucht nur ein Tier zu berühren, um seine DNS-Struktur zu übernehmen, und ihr werdet fähig sein, euch in dieses Tier zu verwandeln. Man benötigt Konzentration und Willenskraft dazu, aber ihr seid stark, ihr könnt es schaffen. Es gibt ... Grenzen. Schwierigkeiten. Sogar Gefahren. Aber ich habe keine Zeit, alles zu erklären ... keine Zeit. Ihr müsst es selbst lernen. Zuerst jedoch: Wollt ihr diese Macht bekommen?>

»Der scherzt doch, oder?«, fragte mich Marco.

»Nein«, antwortete Tobias sanft. »Er scherzt nicht.«

»Das ist irre«, erwiderte Marco. »Das Ganze ist wahnsinnig. Yirks und Raumschiffe und Nacktschnecken, die in die Gehirne von Menschen eindringen und Andaliten und die Macht, sich in Tiere zu verwandeln? Nun mach aber mal einen Punkt.«

»Ja, das ist mehr als abgefahren«, stimmte ich ihm zu.

»Das hier sprengt alle Grenzen der Normalität«, erwiderte Rachel. »Aber wenn das hier kein Traum ist, sollten wir uns besser damit auseinandersetzen, finde ich.«

»Er stirbt«, mahnte Tobias.

»*Ich* werde es tun«, entschied sich Cassie. Das erstaunte mich. Für gewöhnlich ist Cassie nicht so entscheidungsfreudig. Aber vermutlich *spürte* sie wie Tobias die Wahrheit, die in den Worten des Andaliten lag.

»Ich denke, wir sollten alle gemeinsam entscheiden«, schlug ich vor. »Hopp oder top.«

»Was ist denn das?«, fragte Rachel. Sie schaute zu den Sternen hinauf. Hoch oben rasten zwei winzige, grellrote Lichtpunkte über den Himmel.

<Yirks.> Der Andalit sprach das Wort in unseren Köpfen, und wir konnten seinen Hass fühlen.

KAPITEL 4

<Yirks!>

Die beiden roten Lichter bremsten ab. Sie zogen eine Schleife und näherten sich nun von hinten.

<Es bleibt keine Zeit mehr. Ihr müsst euch entscheiden!>

»Wir müssen es tun«, sagte Tobias. »Wie sollen wir sonst diese Controller bekämpfen?«

»Das ist so irrsinnig!«, rief Marco. »Einfach irrsinnig.« »Ich hätte ja gern mehr Zeit, aber wir haben keine Wahl«, entgegnete Rachel. »Ich bin dafür.«

»Was meinst du, Jake?«, fragte mich Cassie. Es war seltsam. Als ob ich plötzlich derjenige wäre, der für alle entscheiden musste. Als ob ich plötzlich derjenige wäre, der für alle die Verantwortung übernommen hatte.

Ich schaute zu den Schiffen der Yirks hinauf. Wie hatte der Andalit sie genannt? Kampfdrohnen? Sie kreisten dichter heran – wie Hunde, die eine Witterung aufnahmen. Ich schaute auf den Andaliten und erinnerte mich an das Bild seiner Familie. Würden sie je erfahren, was ihm zugestoßen war?

Ich sah alle Umstehenden der Reihe nach an – meinen in der Regel lustigen, manchmal nervenden Freund Marco; Rachel, meine kesse, hübsche, selbstbewusste Cousine; und Cassie, die, wie jeder wusste, für Tiere mehr Liebe empfand als für die meisten Menschen.

Schließlich schaute ich zu Tobias. Ein unheimliches Gefühl beschlich mich in dem Moment, als ich ihn anstarrte. Es war wie ein Schauder oder so.

»Wir müssen es tun«, sagte Tobias zu mir.

Ich nickte langsam. »Ja. Uns bleibt keine Wahl.«

<Dann drückt jetzt jeder von euch mit der Hand gegen eine der Seiten des Kästchens.>

Das taten wir. Fünf Hände, jede gegen eine der Flächen gedrückt. Dann eine sechste Hand, anders als unsere, mit mehr Fingern.

<Habt keine Angst>, sagte der Andalit.

Eine Art Schockwelle, nur angenehm, schien durch mich zu rollen. Ein Kribbeln, das mich beinahe zum Lachen brachte.

<Geht jetzt>, mahnte der Andalit. <Nur das eine merkt euch – bleibt nie länger als zwei eurer irdischen Stunden in Tiergestalt. Niemals! Darin liegt die größte Gefahr des Morphens! Wenn ihr länger als zwei Stunden gemorpht bleibt, seid ihr gefangen und könnt nie mehr in eure menschliche Gestalt zurückkehren.>

»Zwei Stunden«, wiederholte ich.

Plötzlich wurde der Andalit von einer neuen Furcht gepackt. Da ich noch Gedankenkontakt zu ihm hatte, konnte ich sie als ein Grauen spüren, das mir bis zum Genick hochkroch. Mit seinen Hauptaugen starrte er zum Himmel hinauf. Da oben bei den Kampfdrohnen war noch etwas.

<Visser Drei! Er kommt.>

»Was?« Diese neue Angst ließ mich erzittern. »Wer oder was ist ein Visser?«

<Geht jetzt. Lauft! Visser Drei ist hier. Er ist der gefährlichste eurer Feinde. Von allen Yirks besitzt nur er die Macht zu morphen. Die gleiche Macht, die ihr nun habt. Lauft!>

»Nein, wir bleiben bei dir«, antwortete Rachel mit fester Stimme. »Vielleicht können wir helfen.«

Wieder schien es, als lächelte uns der Alien mit seinen Augen zu. <Nein. Ihr müsst euch retten. Rettet euch und rettet euren Planeten! Die Yirks sind da.>

Wir blickten angestrengt nach oben. Kein Zweifel, die beiden roten Lichter sanken zu uns herab. Und zu ihnen hatte sich ein drittes Schiff gesellt, viel größer, schwarz wie ein Schatten in tiefster Nacht.

»Aber wie sollen wir diese ... diese Controller bekämpfen?«, fragte Rachel.

<Ihr müsst einen Weg finden. Jetzt lauft!>

Sein Befehl klang so eindringlich, dass ich zurückzuckte. »Er hat recht. Lauft!«, schrie ich.

Wir rannten los. Alle bis auf Tobias, der neben dem Andaliten kniete und seine Hand ergriff. Der Andalit drückte seine andere Hand gegen Tobias' Kopf. Tobias fuhr zurück, als hätte ihn ein Schlag getroffen. Dann sprang auch er auf und floh stolpernd über verstreutes Gerümpel und Schlaglöcher, mit denen die Baustelle übersät war.

Ein grellroter Lichtkegel flammte auf. Es war ein Scheinwerfer von einer der Kampfdrohnen. Das Licht fiel auf den gestürzten Andaliten und sein Schiff. An der zweiten Kampfdrohne flammte nun ebenfalls ein Scheinwerfer auf, und der Andalit leuchtete hell wie ein Stern.

Schnell ließ ich mich zu Boden fallen und konnte gerade noch sehen, wie mein Bein vom Lichtkegel dieses Scheinwerfers erfasst wurde. Hastig zog ich es an und kroch ein Stück weiter, wobei ich mir Ellbogen und Knie an den scharfkantigen Steinen aufschürfte. Zu fünft kauerten wir uns hinter eine niedrige, eingefallene Mauer, viel zu verängstigt, um uns zu bewegen. Zu viel Angst, um hinzusehen, und zu viel Angst, um wegzuschauen.

Langsam sanken die Kampfdrohnen tiefer. Es war ganz offensichtlich, woher sie ihren Namen hatten. Sie waren etwas größer als der Raumjäger des Andaliten und sahen aus wie beinlose Insekten. Vorn am Kopf befanden sich kleine, augenähnliche Fenster und zu beiden Seiten des Kopfes als Flügel zwei sehr lange, sehr spitze, gezackte Speere.

Die Kampfdrohnen der Yirks landeten links und rechts vom Schiff des Andaliten.

»Okay, ihr könnt mich jetzt aufwecken«, flüsterte Marco heiser. »Mir reicht's jetzt mit diesem Traum.«

Nun senkte sich das größere Schiff herab. Ich weiß nicht, was es mit diesem Schiff auf sich hatte, aber als es näher kam, spürte ich plötzlich die Beklemmung. Ich versuchte tief Luft zu holen, aber es ging nicht. Ich versuchte zu schlucken, doch ich schaffte es nicht. Ich wollte weglaufen, aber meine Beine waren wie aus Gummi. Ich zitterte vor einer Angst, die so bedrohlich war wie nichts, was ich je zuvor erlebt hatte. Es war dieselbe Angst, wie sie der Andalit gezeigt hatte, als er erkannte, dass Visser Drei im Anmarsch war.

Das Schiff setzte zum Landeanflug an. Es schien direkt auf einer großen, verrosteten Planierraupe zu landen, die dort abgestellt stand. Doch als das Schiff des Vissers niederging, hörte man nur ein Zischen, und die Planierraupe löste sich in nichts auf.

Das Raumfahrzeug des Vissers war wie eine altertümliche Waffe konstruiert. Es erinnerte mich an eine von diesen Streitäxten, wie sie die alten Ritter früher benutzten, wenn sie ihren Feinden die Köpfe abschlugen. Es hatte eine Hauptsektion, vergleichbar dem Axtstiel, mit einer großen, dreieckigen Spitze. Dieser Teil musste die Brücke sein. Hinten waren zwei gewaltige wie orientalische Krummsäbel geformte Flügel. Es war etwa acht- bis zehnmal so groß wie die Kampfdrohnen.

Das Kommandoschiff landete.

Eine Tür ging auf.

Cassie fing an zu schreien. Ich drückte ihr meine Hand auf den Mund.

Wirbelnd sprangen sie aus dem Schiff und schlugen kampflustig in die Luft – Wesen, die marschierenden Waffen glichen. Sie standen auf zwei nach hinten gebogenen Beinen und hatten sehr lange Arme. An beiden Armen wuchsen aus dem Handgelenk und dem Ellbogen sichelförmige Hornklingen; zwei weitere Klingen saßen an den nach hinten gewölbten Knien und noch mal zwei an der Schwanzspitze. Ihre Füße sahen aus wie die eines Tyrannosaurus rex.

Das Interessanteste aber war der Kopf: ein Hals wie der einer Schlange, ein Mund, der fast ein Greifvogelschnabel war, und drei aus der Stirn ragende dolchartige Hörner.

<Hork-Bajir-Controller.>

Ich sprang auf, während ich die Worte des Andaliten erneut in meinem Kopf hörte. Sie klangen schwächer als vorher, angestrengt, wie jemand, der von fern laut ruft.

»He, habt ihr das ...?«, fragte ich.

Rachel nickte. »Ja.«

<Die Hork-Bajirs sind gute Leute, trotz ihres erschreckenden Aussehens>, erklärte der Andalit. <Aber sie wurden von den Yirks versklavt. Jeder von ihnen trägt nun einen Yirk im Kopf. Sie verdienen Mitleid.>

»Mitleid? Aber natürlich!«, sagte Rachel grimmig. »Das sind wandelnde Killermaschinen. Schaut sie euch doch an!«

Doch da erregten noch anders geformte Wesen, die aus dem Kommandoschiff gekrochen und geschlittert kam, unsere Aufmerksamkeit.

<Taxxon-Controller>, sagte der Andalit. Ich wusste, dass er sich nach Kräften bemühte, uns alles zu sagen, selbst bis zum Ende. Er versuchte, uns auf das vorzubereiten, was uns bevorstand.

<Die Taxxons sind böse.>

»Ja«, murmelte Marco. »Darauf hätte ich auch getippt.«

Sie sahen aus wie riesige Hundertfüßer, doppelt so lang wie ein ausgewachsener Mann. Und so dick, dass man sie mit den Armen nicht mal halb hätte umfassen können. Allerdings kann ich mir nicht vorstellen, dass irgendwer irgendwann mal Lust darauf hätte.

Sie hatten Dutzende von Beinen, auf denen die hinteren zwei Drittel ihres Körpers ruhten. Das vordere Drittel stand aufrecht hoch. Ab hier wurden die Beinreihen zierlicher, mit kleinen Händen wie Hummerscheren.

Die Spitze ihres ekelhaften Röhrenleibs war ringsum von vier Augen besetzt, wovon jedes wie ein wabbelnder Tropfen aus rotem Fruchtgummi aussah. Und ganz vorn, senkrecht in die

Luft zeigend, war ein rundes, von hunderten winziger Zähne gesäumtes Maul.

Hork-Bajirs und Taxxons strömten aus dem Kommandoschiff und verteilten sich über das Gelände wie gut ausgebildete Soldaten. Sie trugen kleine, pistolengroße Gegenstände, zweifellos Waffen. Einige bildeten einen Kreis um den Andaliten und dessen Schiff.

Plötzlich kam einer der Hork-Bajirs direkt auf uns zu. Er machte einen weiten Satz und befand sich nun praktisch über unseren Köpfen.

Ich krallte mich in den Dreck, als wäre er meine letzte Hoffnung. Mist, hätte ich doch nur ein Loch graben können! Ich sah ein Leuchten auf Marcos Gesicht. Seine Augen waren riesengroß. Seine Lippen waren zu einem merkwürdigen Grinsen verzerrt, nur dass ich darin den Ausdruck blanken Entsetzens erkannte.

KAPITEL 5

Der Hork-Bajir zielte mit seiner Kanone – oder was es auch sein mochte – in die Dunkelheit. Sein Schlangenkopf pendelte hin und her in dem Bemühen, das Dunkel zu durchdringen.

<Still!>, warnte uns der Andalit. <Die Hork-Bajirs sehen nicht gut im Dunkeln, aber ihr Gehör ist sehr fein.>

Der Hork-Bajir kam noch näher. Er war jetzt knappe zwei Meter entfernt; nur die niedrige Mauer trennte uns von ihm. Er musste meinen Herzschlag gehört haben. Vielleicht konnte er das Geräusch nicht einordnen. Vielleicht wusste er nicht, wie sich fünf verängstige Kids mit zitternden Knien und klappernden Zähnen anhören. Kids, die kurz und stockend atmeten.

Ich war mir sicher, dass ich gleich sterben musste. Vor meinem geistigen Auge sah ich, wie diese fürchterlichen Handgelenks- und Ellbogenklingen meinen Kopf vom Rumpf trennen würden.

Wenn ihr noch nie richtig Angst hattet, dann lasst es euch sagen – da passiert was mit euch. Es übernimmt euren Verstand und euren Körper. Ihr wollt schreien. Ihr wollt wegrennen. Ihr wollt euch in die Hosen machen. Ihr wollt euch auf den Boden werfen und weinen und flehen: *Bitte, bitte, bitte, bitte, töte mich nicht!*

Und falls ihr meint, ihr wärt tapfer – na, dann wartet mal ab, bis ihr ein, zwei Meter von einem Monster entfernt kauert, das euch in Nullkommanichts zu Hackfleisch verarbeiten könnte.

Doch dann hörte ich wieder die Stimme des Andaliten im Kopf. <Nur Mut, meine Freunde.>

Und diese ... warme ... diese ... mir fehlen die Worte, um es zu beschreiben. Es war einfach diese Wärme, die sich in mir ausbreitete. Es war, wie wenn man als kleines Kind nach einem schrecklichen Albtraum schreiend aufwachte. Wisst ihr noch, wie ihr euch gleich besser gefühlt habt, wenn eure Mama oder euer Papa hereinkam, das Licht anknipste und sich zu euch ans Bett setzte?

Genauso war es jetzt.

Natürlich hatte ich nach wie vor Todesängste. Der Hork-Bajir war noch da, so greifbar, so tödlich. Ich konnte ihn atmen hören. Ich konnte ihn riechen. Gleichzeitig spürte ich, wie ich meine Panik in den Griff bekam. Ich konnte die Kraft, die von dem sterbenden Andaliten ausging, fühlen. Er gab uns etwas von seinem Mut ab, obwohl er sicher selbst Todesängste litt.

Der Hork-Bajir kehrte um. Etwas Neues kam aus dem Kommandoschiff.

Zitternd und zähneklappernd richtete ich mich hoch genug auf, um über die niedrige Mauer spähen zu können.

Die Hork-Bajirs und die Taxxons schauten nun alle in Richtung des Schiffs.

»Sie stehen stramm«, flüsterte ich.

»Woher willst du das wissen?«, flüsterte Marco zurück. »Wer kennt sich schon aus, wann ein wabbeläugiger Hundertfüßer oder ein wandelnder Salathäcksler aus der Hölle strammstehen?«

Dann kam er.

<Visser Drei>, sagte der Andalit.

Visser Drei war ein Andalit.

Oder zumindest ein Andaliten-Controller.

»Was zum ...«, schimpfte Rachel. »Ist das nicht ein Andalit?«

<Nur einmal konnte ein Yirk einen Andalitenkörper übernehmen>, sagte der Andalit. <Es gibt nur einen Andaliten-Controller. Und das ist Visser Drei.>

Selbstbewusst schritt Visser Drei auf den verwundeten Andaliten zu. Er sah ihm so ähnlich, dass man die beiden auf Anhieb kaum auseinanderhalten konnte. Er hatte das gleiche mundlose Gesicht; die gleichen zusätzlichen Peilaugen, die sich bald hierhin, bald dorthin drehten und alles ringsherum ausspähten; den gleichen kräftigen, jedoch schlanken, vierbeinigen Körper und den gleichen bedrohlichen Schwanz.

Doch obwohl der Visser wie ein normaler Andalit aussah, waren seine *Gefühle* anderer Natur. Es war, als trüge er eine Maske; nur wusste man einfach, dass sich hinter der gespielten Sanftheit etwas Perverses, Abscheuliches verbarg.

<So, so>, sagte Visser Drei.

Ich bekam fast einen Herzkasper, als ich bemerkte, dass ich die Gedanken des Vissers hörte.

»Kann er unsere Gedanken hören?«, flüsterte Cassie.

»Wenn ja, sind wir so tot, dass ich nicht mal dran denken möchte«, erwiderte Rachel.

<Er kann eure Gedanken nicht hören>, sagte der Andalit. <Solange ihr sie nicht direkt auf ihn projiziert. Ihr hört seine Gedanken, weil er sie ausstrahlt, damit alle sie hören können. Dies ist ein großer Sieg für ihn, deswegen will er, dass alle zuhören.>

<Wen haben wir denn da? Einen aufsässigen Andaliten?>

Visser Drei betrachtete das Schiff des Andaliten genauer. <Aha, aber keinen gewöhnlichen andalitischen Krieger. Prinz Elfangor-Sirinial-Shamtul, wenn ich nicht irre. Es ist mir eine Ehre. Ihr seid eine Legende. Wie viele unserer Kampfschiffe habt Ihr vernichtet? Sieben, oder waren es am Ende der Schlacht gar deren acht?>

Der Prinz gab keine Antwort. Doch ich hatte das Gefühl, es könnten auch mehr als acht gewesen sein.

<Der allerletzte Andalit in diesem Sektor des Weltraums. Ja, ich fürchte, Euer Kuppelschiff ist völlig zerstört worden. Vollkommen zerstört. Ich sah, wie es beim Sturz in die Atmosphäre dieser kleinen Welt ausbrannte.>

<Andere werden folgen>, sagte der Andalitenprinz.

Der Visser trat einen Schritt näher. <Ja, und wenn sie kommen, wird es zu spät sein. Diese Welt hier wird mir gehören. Mein eigener Beitrag zum Imperium der Yirks. Unsere größte Eroberung. Und dann werde ich Visser Eins sein.>

<Was wollt ihr mit diesen Menschen?>, fragte der Andalit. <Ihr habt die Taxxons als eure Verbündeten. Ihr habt die Hork-Bajirs als eure Sklaven. Dazu weitere Sklaven aus anderen Welten. Warum diese Menschen?>

<Weil es so viele von ihnen gibt, und sie sind so schwach>, höhnte Visser Drei. <Milliarden von Körpern! Und sie haben keine Ahnung, was passiert. Bei so vielen Wirten können wir uns über das gesamte Universum ausbreiten, unaufhaltsam! Milliarden von uns. Wir werden tausend neue Yirkpools errichten müssen, um auch nur für die Hälfte dieser Körper genügend Nachwuchs aufzuziehen. Stell dich der Realität,

Andalit, du hast gut und tapfer gekämpft. Aber du hast verloren.>

Visser Drei schritt direkt auf den Andaliten zu. Ich konnte die Furcht des Prinzen spüren, doch statt sich ängstlich zu ducken, unterdrückte er den Schmerz seiner Wunde und rappelte sich hoch. Er wusste, dass sein Tod bevorstand. Er wollte aufrecht sterben und dabei seinem Feind ins Gesicht sehen.

Aber Visser Drei goss noch mehr Spott über seinen Widersacher aus. <Eines verspreche ich Euch, Prinz Elfangor: Wenn wir diesen Planeten mit seiner reichen Beute an Körpern in unserer Gewalt haben, werden wir gegen die Heimatwelt der Andaliten vorgehen. Ich werde persönlich Eure Familie zur Strecke bringen. Und ich werde persönlich die Implantierung meiner treuesten Gefolgsleute in ihren Köpfen beaufsichtigen. Ich hoffe, dass sie Widerstand leisten, denn so kann ich sie in Gedanken schreien hören.>

Da schlug der Prinz zu!

Sein Schwanz peitschte in die Höhe, so schnell, dass es echt nicht zu sehen war. Der Visser riss seinen Kopf zur Seite. Um Haaresbreite verpasste die Schwanzklinge des Andaliten den Kopf des Vissers. Aber sie schnitt in seine Schulter. Blut – oder etwas, das wie Blut aussah – quoll aus der Wunde.

»Ja!«, stieß ich hervor.

<*Aaaaaarrrrrgh!*> In meinem Kopf konnte ich den Visser vor Schmerz aufheulen hören.

Gleichzeitig schoss aus dem Heck des Andalitenschiffs ein gleißender Strahl blauen Lichts. Er traf die erste Kampfdrohne voll. Hork-Bajirs und Taxxons stoben auseinander. Obwohl ich hinter der Mauer kauerte, konnte ich die ungeheure Hitzewelle spüren. Ein heftiges Zischen, und die Kampfdrohne war verschwunden.

<Feuer!>, schrie Visser Drei. <Verbrennt sein Schiff!>

Die Nacht wurde von einer grellen Explosion zerrissen. Aus dem Kommandoschiff und der zweiten Kampfdrohne zuckten rote Strahlen. Das Andalitenschiff begann zu glühen und löste sich erstaunlich langsam auf.

Dann, in dem Aufblitzen und Glühen der Draconstrahlen, erkannte ich Menschen ... oder *meinte,* welche zu sehen. Eine kleine Gruppe, vielleicht drei oder vier Personen, verborgen im Dunkel hinter dem Visser.

»Da drüben sind Leute«, sagte ich zu Marco.

»Was? Sind es Gefangene?«

<Ergreift den Andaliten!>, befahl Visser Drei seinen Soldaten. <Spart ihn für mich auf.>

Drei große Hork-Bajirs packten den Andaliten und drückten ihn nieder. Ihre Handgelenksklingen waren an seiner Kehle, aber sie dachten gar nicht daran, ihn zu töten.

Dieses Privileg sollte Visser Drei persönlich vorbehalten bleiben.

Dann sahen wir, warum ein so mächtiger Yirk wie Visser Drei den einzigen gefangen genommenen Andalitenkörper bewohnen konnte. Vor unseren Augen begann Visser Drei zu *morphen.*

Sein Andalitenkopf wurde größer, immer größer. Monströs. Die vier pferdeähnlichen Beine verschmolzen paarweise und schwollen an, wobei jedes Bein so dick wie ein Mammutbaum wurde. Die zierlichen Andalitenarme wuchsen und verwandelten sich in Fangarme.

»Das gibt es nicht«, flüsterte Cassie. »Das ist nicht real.«

In dem entsetzlich aufgedunsenen Kopf erschien ein Maul. Darin saßen armlange Zähne. Das Maul wurde immer breiter und verzog sich zu einer abscheulichen, grauenhaften Fratze.

An den Andalitenkörper erinnerte nichts mehr. Ein Monster hatte seinen Platz eingenommen.

»*Rrrrroooaaaarrrggg!*« Der Boden bebte, so brüllte das Ungeheuer, in das sich Visser Drei verwandelt hatte.

Ich hielt mir die Ohren zu.

»*Rrrrroooooooorrrggg!*«

Meine Zähne klapperten bei dem Gebrüll. Ich hörte jemanden wimmern. Das war ich.

Visser Drei war zu einem Monster geworden, gegen das die Hork-Bajirs und die Taxxons wie harmlose Spielzeugfiguren wirkten. Er streckte einen seiner dicken Fangarme aus und packte den Andaliten am Hals.

»Nein, nein, nein«, hörte ich Cassie immer wieder flüstern. »Nein, nein, nein, nein.«

»Sieh nicht hin«, sagte Rachel zu ihr. Sie legte ihren Arm um Cassies Schulter und drückte sie an sich. Dann tastete sie nach Tobias und ergriff seine Hand. Man kennt wohl niemanden richtig, bevor man nicht seine Angst gesehen hat. Und selbst in ihrer Todesangst, als ihr die Tränen übers Gesicht liefen, konnte Rachel noch etwas von ihrer Kraft weitergeben.

Visser Drei hob den Andaliten in die Luft und entriss ihn dem Griff der Hork-Bajirs. Ein ums andere Mal schlug der Andalitenprinz mit seinem Schwanz zu. Doch gegen eine solche Kreatur war jeder Schlag nur wie ein Nadelstich.

Visser Drei streckte den Andaliten hoch in die Luft.

Dann riss er sein Maul sperrangelweit auf.

KAPITEL 6

Ich weiß nicht, was in diesem Moment über mich kam. Natürlich hatte ich entsetzliche Angst. Aber da rastete irgendetwas in meinem Kopf aus. Ich konnte nicht einfach tatenlos aus meinem Versteck zuschauen. Unmöglich.

»Du dreckiger ...«

Ich sprang auf die Füße. Dann hob ich ein Stück von einem rostigen Eisenrohr vom Boden auf und begann über die Mauer zu klettern.

Ich musste wohl verrückt geworden sein oder sonst was. Verrückt, ja, das war es, denn es bestand nicht die geringste Chance, dass ich, allein und nur mit einem Rohrstück bewaffnet, irgendetwas ausrichten konnte.

<Nein!>

Der stille Schrei des Andaliten ließ mich zögern. Ich spürte, wie Marco mich am Hemd packte und zurückzog. Tobias und Marco drückten mich runter. Rachel legte mir die Hand auf den Mund. Ich versuchte zu schreien, zu fluchen oder sonst was zu tun.

»Sei still, du Idiot!«, zischte Marco. »Du wirst uns noch alle umbringen.«

»Jake, nicht.« Cassie legte ihre Hand auf meine Wange.

»Er will nicht, dass du für ihn stirbst. Kapierst du denn nicht? Er stirbt für *uns*.«

Wütend schubste ich Marco und Tobias beiseite. Doch ich hatte mich wieder in der Gewalt.

Ich spähte über die Mauer. Hilflos wand sich der Andalitenprinz im Würgegriff von Visser Drei. Er hing hoch in der Luft. Und ich sah, wie Visser Drei seine mörderisch klaffenden Kiefer öffnete.

Der Andalit fiel in seinen aufgesperrten Rachen.

Das Maul schloss sich. Die Zähne rissen den Andaliten in Stücke. Und Prinz Elfangor-Sirinial-Shamtul starb.

Ganz am Schluss schrie er auf. Sein verzweifelter Schrei hallte in unseren Köpfen. Dieser Schrei wird uns für immer im Gedächtnis bleiben.

Die Hork-Bajir-Controller gaben nun ein schnaufendes Geräusch von sich; es klang wie *wuh-wuh-wuh*. Vielleicht lachten oder applaudierten sie. Die Taxxon-Controller stürzten nach vorn und umringten Visser Drei. Sie schienen sich zu ihm emporzurecken, und dann sah ich auch, warum — ein Stück des Andaliten fiel aus den Kiefern des Vissers und der vorderste Taxxon verschlang es gierig.

Tobias wandte sich ab und hielt sich die Hände vors Gesicht. Cassie kullerten die Tränen aus den Augen. Mir übrigens auch.

Ich hörte ein Geräusch, das seltsam war, weil es so normal klang: Gelächter. Menschliches Lachen. Die Menschen – *die Human-Controller*, denn nichts anderes waren sie – lachten so, als wären sie Gäste bei irgendeiner Show. Einen Augenblick lang hatte ich den Eindruck, dass mir eine dieser lachenden Stimmen vertraut vorkam, als hätte ich sie schon mal gehört. Doch das Geräusch ging im Schnaufen des Hork-Bajirs unter.

Visser Drei morphte sich aus seiner monströsen Gestalt zurück und nahm langsam wieder seinen Andalitenkörper an. <Ah>, hörte ich ihn denken, <es gibt doch nichts Besseres als einen schönen interstellaren Gestaltwechsel, um in einen seiner Feinde hineinzubeißen.>

Abermals lachten die Human-Controller und schnauften die Hork-Bajirs, und wieder hörte ich ein vertrautes menschliches Lachen, das ich nicht einordnen konnte.

Marco musste sich übergeben. Eine durchaus verständliche Reaktion. Aber irgendwie erregte dieses Geräusch die Aufmerksamkeit des Hork-Bajirs, der am nächsten bei uns stand.

Sein Schlangenkopf fuhr herum. Er war mucksmäuschenstill.

Wir ebenfalls.

Der Hork-Bajir drehte sich in unsere Richtung. Seine kurzsichtigen Augen waren direkt auf unser kleines Versteck gerichtet.

Ich weiß nicht, wer als Erster in Panik geriet. Vielleicht war ich es. Vielleicht konnten wir einfach nicht noch mehr Angst und Entsetzen ertragen. Es war, als hätten wir alle einen elektrischen Schlag bekommen. Auch ich rannte los, noch bevor mir klar wurde, was ich da tat.

Ich rannte. Ich japste nach Luft.

Ein Schrei entrang sich der Kehle des Hork-Bajirs.

»Verteilt euch!«, schrie ich. »Sie können uns nicht alle verfolgen.«

Marco, Tobias und Cassie flohen in drei verschiedene Richtungen. Rachel war noch immer dicht rechts neben mir. Im Zurückschauen sah ich, wie der Hork-Bajir zögerte, unsicher, wen er nun jagen sollte.

Rachel und ich rennen am schnellsten. Tobias ist total außer Form und Marco und Cassie sind zu klein, um echt schnell zu sein. Deshalb rechnete ich damit, dass sie es auf uns absehen würden, sollten die Außerirdischen irgendwen verfolgen.

Vermutlich dachte Rachel genauso. Sie nahm ein wenig Tempo raus und begann zu schreien und mit den Armen zu rudern. »Los, kommt schon, ihr –« Und dann sagte sie einige unfeine Wörter, bei denen mir echt die Spucke wegblieb.

Die beiden nächsten Hork-Bajirs fuhren herum und spurteten auf uns zu. »Ghafrash! Hier! Ghafrash fit! Feind! Holen!«

Selbst in meiner Panik verblüffte mich das. Sie sprachen irgendeine Mischung aus ihrem Alien-Kauderwelsch und unserer Sprache.

»Ghafrash fit nahar! Ich kriege! Ich töte!«

Ich rannte. Plötzlich stieß ich heftig mit dem Fuß gegen etwas, und schon lag ich im Dreck. Der Sturz war schmerzhaft. Ich hatte keine Puste mehr, versuchte aber, meine Lungen neu zu füllen. Rachel rannte weiter. Sie wusste nicht, dass ich hingefallen war.

Ein Speer aus rotem Licht traf eine Betonröhre direkt neben mir. Der Beton verdampfte. Die beiden Hork-Bajirs verfolgten uns mit Sprüngen, die mich an wahnsinnig gewordene Kängurus erinnerten. Ich stand auf und rannte weiter.

Rachel musste bemerkt haben, dass ich nicht mehr bei ihr war. Sie blieb stehen und kam zu mir zurückgelaufen. »Ey, bist du irre?«, schrie ich. »Lauf!«

Nur eine Sekunde lang zögerte sie. Aber sie wusste, dass sie nichts mehr für mich tun konnte, und rannte weiter.

Vor mir sah ich ein dunkles Loch und stürzte darauf zu.

Eine Türöffnung. Drinnen war es so schwarz wie in einem Grab. Es war eines der Gebäude, die schon fast fertiggestellt waren. Nur kahle Betonwände und herumliegender Schutt. Doch ich wusste, dass ich schon mal hier drin gewesen war. Marco und ich hatten das Gebäude komplett erkundet. Es gab dort Gänge und kleine Seitenräume, wie in einem Labyrinth. Marco! Rachel! Ob sie entkommen waren? Und was war mit Cassie und Tobias?

Krampfhaft versuchte ich mich zu konzentrieren, während ich eilig den ersten großen Raum passierte. Da war ein Gang ... irgendwo. Ich tastete in die Dunkelheit und fand eine Wand.

Ich hörte das Geräusch krallenartiger Füße, gewaltige, mörderische Klauenfüße, die über den nackten Beton kratzten. Eine leere Flasche kullerte über den Boden.

Der Hork-Bajir war ganz nah! Und hier in der völligen Dunkelheit war mein überragendes menschliches Sehvermögen nicht viel wert. Doch ich kannte mich aus in dem leeren Gebäude.

Zumindest dann, wenn mein Gehirn funktioniert hätte.

Ich fühlte, wie meine Hand ins Leere griff. Eine Türöffnung. Ja! Sie führte einen Korridor hinab. Ich ging hindurch, gerade als das Licht hinter mir anging. Irgendjemand hatte eine Taschenlampe dabei.

»Efnud zu sagen fallay nyot fit? Wie auch Befehl lautet.«

»Nein. Nicht nötig, Gefangene zu machen. Töte jeden, den du findest.«

Die erste Stimme gehörte einem Hork-Bajir. Die zweite war die eines Menschen. Und das Unheimliche war: Diese Stimme klang mir vertraut. Ich versuchte nachzudenken. Ich wusste, ich hatte diese Stimme schon mal irgendwo gehört. Bloß wo? Wo?

»Gib Acht auf den Kopf«, befahl der Mensch dem Hork-Bajir. »Bring ihn mir, damit wir ihn identifizieren können.« Rasch glitt ich an der Wand entlang.

Das Licht folgte nur wenige Schritte hinter mir.

Ich zermarterte mir die Gehirnwindungen. War da nicht ein Durchgang gewesen ...? Ja, da war er! So leise, wie ich nur konnte, schlüpfte ich hindurch. Der Lichtschein der Taschenlampe war nur wenige Zentimeter hinter mir.

Mit dem Fuß stieß ich gegen etwas Weiches.

»He!«

Es war ein Mann! Er hatte, eingehüllt in eine Decke, auf dem Boden gelegen.

»He, verschwinde hier! Das ist mein Platz, und ich hab nichts zum Stehlen für dich.«

Ich wollte ihn noch warnen, aber schon war der Hork-Bajir da!

Der Lichtschein der Taschenlampe fiel auf das Gesicht des Obdachlosen. Er blinzelte wie eine Eule.

Da war eine Nische. Direkt hinter mir. Rückwärts kroch ich hindurch.

Der Obdachlose schrie auf. Ich hörte Geräusche wie von einem Handgemenge.

Vielleicht war der Typ ja entkommen. Ich hoffte es. Aber ich würde es nie erfahren, denn solange der Hork-Bajir abgelenkt war, konnte ich abhauen.

Ich rannte und rannte und rannte. Und im Laufen hoffte ich inständig, es wäre alles bloß ein Traum.

KAPITEL 7

Irgendwie schaffte ich es bis nach Hause. Ich weiß nicht mehr, wie. Nach diesem letzten Bild des Hork-Bajirs habe ich keine Erinnerungen an irgendetwas.

Ich wünschte, ich könnte mich an gar nichts mehr von dem, was in jener Nacht geschah, erinnern. Wenn ich das nur alles vergessen könnte ...

Ich startete einen Rundruf zu den anderen. Der Schreck saß allen noch in den Gliedern, doch sie waren alle am Leben. Rachel entschuldigte sich immer wieder dafür, dass sie mich im Stich gelassen hatte. Marco fragte mich immerzu, ob ich sicher sei, dass dies kein Traum war.

Eigentlich hätte das in jener Nacht der schlimmste Albtraum meines Lebens sein müssen, doch das stimmte nicht. Die Welt der Albträume war ein Witz im Vergleich zu der neuen Wirklichkeit, in der wir plötzlich lebten.

Am nächsten Morgen jedoch, es war ein Samstag, glaubte ich halbwegs, dass alles *tatsächlich* ein Albtraum gewesen war. Das Einzige, was real schien ... wirklich real ... war die Art, wie der Andalit nur mit den Augen gelächelt hatte.

Ich wachte auf, als meine Mama an die Zimmertür klopfte.

»Jake, bist du wach da drin?«

Jetzt war ich's. »Äh, ja«, stöhnte ich. »Ich bin auf.«

»Dein Freund Tobias ist hier.«

»Tobias?« Was machte Tobias hier?

»Ich bin's.« Die Stimme von Tobias. »Kann ich reinkommen?«

»Öh, klar.« Ich setzte mich im Bett auf, blinzelte ein paar Mal und rieb mir den Schlaf aus den Augen. Die Tür ging auf. Ich hörte, wie sich Tobias bei meiner Mutter bedankte.

Er glühte. Ich schwör's, er glühte. Nicht so, wie wenn er radioaktiv verstrahlt oder irgendwas gewesen wäre. Das meine ich nicht. Da war nur dieses klare Leuchten in seinen Augen, und sein Gesicht war ein einziges breites Grinsen. Er schien ganz kribbelig vor Energie und lief pausenlos herum, als könnte er nicht eine Sekunde lang stillstehen.

»Ich hab's getan«, sagte Tobias.

Unterdessen versuchte ich, meine Haare mit den Fingern zu kämmen und in eine Richtung zu ordnen. »Wovon redest du?«

Seine Antwort quittierte ich zunächst gleichgültig mit einem Gähnen.

»Ich bin Micky geworden.«

Dann brach mein Gähnen jäh ab. Ja, mir klappte die Kinnlade runter. Micky ist Tobias' Kater.

»Hää?«

Tobias blickte im Zimmer umher, als ob hier vielleicht Spione lauern könnten. »Ich bin Micky geworden. Genau wie es der Andalit gesagt hat.«

Ich glotzte nur.

»Es war sagenhaft. Es hat nicht wehgetan oder sonst was. Ich streichelte gerade Micky und dachte noch mal über all das nach, was letzte Nacht geschah, okay? Na ja, da dachte ich, warum soll ich's nicht mal ausprobieren?« Er lief hin und her, schnippte mit den Fingern und platzte schier vor Begeisterung. Sehr *untypisch* für Tobias.

»Ich wusste nicht mal, wie ich überhaupt anfangen sollte. Also vergewisserte ich mich, dass wenigstens meine Zimmertür gut verschlossen war. Zum Glück schlief mein Onkel bereits.«

Tobias hat die verworrensten Familienverhältnisse, die ich kenne. Er hat nie erfahren, wer sein Vater war, und seine Mutter hat einfach vor ein paar Jahren beschlossen, ihn im Stich zu lassen. Seitdem wurde er hin- und hergeschoben zwischen seinem Onkel hier und seiner Tante, die an der anderen Küste lebt. Tante und Onkel können sich nicht leiden und Tobias scheint ihnen eine Last zu sein, die jeder auf den anderen abzuwälzen versucht. Ich hab so den Eindruck, dass Tobias den beiden egal ist.

»Da saß ich nun also auf meinem Bett und dachte an diese Geschichte. Konzentrierte mich. Nahm mir vor, Micky zu werden. Ich schaute auf meine Hand herab.« Er grinste mich an. »Was, glaubst du, sah ich da, Jake?«

Ich schüttelte langsam den Kopf. »Weiß nicht.«

»Ich hatte ein Fell, Jake. Und mir wuchsen Krallen. Du hättest mal den echten Micky sehen sollen. Der flippte total aus. Ich musste ihn aussperren, bevor ich zu Ende morphen konnte. Er hat mich ganz schön zerkratzt.« Tobias schob einen aufgerissenen Finger in den Mund.

Ich schluckte heftig. Okay, das war jetzt absolut irre. »Ähm, Tobias, ist es möglich, dass du das vielleicht alles nur geträumt hast?«

»Kein Traum«, sagte er. Jetzt war er wieder der ernste Tobias. Er grinste nicht mehr. »Es stimmt alles, Jake. Jedes einzelne Wort.«

Unsere Blicke trafen sich. Ich weiß, was er meinte. Er hatte auch versucht, so zu tun, als sei alles nur ein Albtraum. Aber es war die Wirklichkeit. Ich sah weg. Ich mochte einfach nicht glauben, dass alles echt gewesen war. Ich wollte alles nur als einen bösen Traum in meinem Kopf sicher verwahrt wissen. Schlimme Träume sollten in den Köpfen der Menschen bleiben und nicht ins reale Leben herüberspringen.

»Ich konzentrierte mich einfach weiter auf die Verwandlung«, sagte Tobias, »und nach ein paar Minuten war ich nicht mehr ich selbst.«

Er blickte mich eindringlich an. »Du hast ja keine Ahnung, wie das ist, Jake. Eine Katze zu sein, ist so ... es ist ... Ich kann's nicht mal beschreiben. Du bist so stark. Einfach all diese gespannte Kraft, und wie du dich bewegen kannst! Weißt du, was ich gemacht habe? Ich bin auf die Frisierkommode gesprungen. Einen Meter senkrecht in die Luft, und ich bin wie eine Feder gelandet. Einen Meter! Weißt du, wie hoch das ist, wenn du eine Katze bist? Im Vergleich dazu müsste ein Mensch vielleicht zehn Meter hoch springen.«

Er hielt plötzlich inne und sah mich an. »Du glaubst mir nicht, oder?«, fragte er.

»Schau, Tobias, es fällt nur manchmal schwer zu unterscheiden zwischen etwas Realem und etwas, das man sich bloß vorstellt oder träumt.«

»Du hältst mich für plemplem.«

Ich überlegte eine Minute lang. »Ich weiß nicht, Tobias, gehen wir doch noch mal die Fakten durch. Du sagst, du hättest dich in deine eigene Katze verwandelt. In eine richtige Katze. Ja, ich muss sagen, das klingt schon abgefahren.«

Tobias nickte verständnisvoll. Er lächelte flüchtig. »Ich verstehe, Jake. Du willst es noch immer nicht wahrhaben.«

»Was? Meinst du etwa, ich *will* glauben, dass du dich in eine Katze verwandeln kannst? Und den ganzen Rest? *Will* ich glauben, dass die Erde von schleimigen Schnecken überfallen wird, die in die Gehirne der Menschen eindringen und sie versklaven? Will ich glauben, dass ... dass ... pah! Nee! Ich will rein gar nichts davon glauben.«

»Und der Andalit?«, fragte er mit ruhiger Stimme.

Ich zögerte. Ich weiß nicht, warum, aber ich wollte den Andaliten nicht einfach wegleugnen.

Tobias legte mir seine rechte Hand auf den Arm. »Bleib genau hier stehen.«

»Was ist? Was hast du vor?«

»Ich werde dir bei der Entscheidung helfen, ob es echt ist oder nicht.«

»Tobias ...«

»Warte einfach. Und schrei nicht los oder mach sonst was.«

Ich wartete also.

Ein paar Sekunden lang geschah nichts. Tobias stand bloß da. Ich schaute ihm ins Gesicht. Seine Augen ... seine Augen waren anders. Die Pupillen waren nicht mehr kreisrund. Ich schwöre, da war auch ein grünliches Schillern. Und sein Mund ragte ein wenig hervor, wölbte sich nach außen.

Er wurde kleiner. Immer kleiner, direkt vor meinen Augen.

Sein Hemd schlabberte am Halsausschnitt. Seine Hose sackte auf den Knöcheln zusammen. Er schrumpfte weiter. Und gleichzeitig begann auf seinen Händen, am Hals und im Gesicht ein Fell – ja richtig, Fell! – zu wachsen. Es war grau mit schwarzen Streifen, genau wie das von Micky.

Ich verspürte diesen absurden Wunsch, loszukichern. Tobias war im Begriff, eine getigerte Hauskatze zu werden! Aber ich wusste, wenn ich einmal zu kichern anfing, würde ich nicht mehr aufhören können.

Inzwischen war Tobias mehr Katze als Mensch. Oben am Kopf wuchsen ihm die spitzen Ohren. Gleich unter seinem zarten rosa Näschen standen die Schnurrbarthaare waagerecht ab. Er hatte sich auf alle viere niedergelassen, von dem Haufen seiner Kleidungsstücke nunmehr halb zugedeckt. Sein Schwanz zuckte hin und her. Ja – sein *Schwanz*.

Ich fragte mich, ob ich einfach tot umfallen würde von dem Kloß, den ich im Hals hatte, oder von dem Presslufthammer, der in meinem Herzen wummerte. Dann fragte ich mich, ob ich noch schlief.

Aber wenn es ein Traum war, dann war er echt überzeugend.

Da stand ich nun in meinem Schlafzimmer und starrte auf eine grau-schwarze Katze, die noch vor weniger als zwei Minuten mein Freund Tobias gewesen war.

KAPITEL 8

»Hoffentlich schlafe ich noch«, murmelte ich. »Aber mal ehrlich.«

<Du schläfst nicht.>

»Bist du das?«, fragte ich die Katze.

<Du kannst mich hören?> Tobias klang überrascht. Allerdings war *klang* nicht genau das passende Wort.

»Ja«, sagte ich zögernd.

<Ich wusste nicht, dass ich auf die Weise Gedanken senden kann>, sagte Tobias. <Genau wie der Andalit.>

»Schätze, das klappt nur, wenn du ... gemorpht bist.«

Ich redete mit einer Katze!, schoss es mir durch den Kopf.

Und ich hielt *Tobias* für verrückt!

Ich fragte mich, ob Tobias meine Gedanken gehört hatte. Ich konzentrierte mich. *Tobias, kannst du mich hören?*

<Ja>, sagte er. <Ich höre dich.>

»Hast du davor meine Gedanken gehört?«, fragte ich.

<Nein. Ich denke nicht, dass es so herum funktioniert. Du musst deine Gedanken auf mich richten, damit ich sie hören kann. He, schau mal.>

Plötzlich sprang Tobias durch die Luft. Er landete präzise auf einem Baseball mit Autogrammen, der in der Ecke lag. Vielleicht ein Satz von knapp anderthalb Metern.

<Das ist so toll! Komm, zieh mal an einer Schnur, damit ich sie jagen kann.>

»An einer Schnur ziehen? Warum?«

<Weil's irre Spaß macht!>

Ich wühlte in meiner Schreibtischschublade und fand ein Stück Schnur, das von einem Geburtstagsgeschenk übrig geblieben war. Ich halte mein Zimmer nicht eben perfekt in Ordnung. Die Schnur stammte von einem Geburtstag vor zwei Jahren.

»Wie wär's damit?« Langsam zog ich die Schnur über den Boden, so zirka dreißig Zentimeter vor Tobias' Nase. Er hockte sich hin und ruckte mit den Hinterbeinen. Dann sprang er! Er landete auf der Schnur, packte sie mit seinen scharfen Zähnen, rollte sich herum und begann an der Schnur zu zerren, als gäbe es nichts Wichtigeres auf der Welt.

Ich versuchte die Schnur wegzuziehen, aber er stürzte sich erneut auf sie.

<Ja! Ich hab sie!>

»Tobias, was machst du da?«

<Zieh schneller! Ich sehe sie! Ich hab sie!>

»Tobias, was soll denn das?«, rief ich. »Du spielst mit einer Schnur!«

Plötzlich hielt er inne. Sein Schwanz zuckte nervös. Er sah zu mir hoch mit diesen kalten Katzenaugen, doch ich erblickte darin ohne Zweifel einen Ausdruck von Verwirrung.

<Ich ... ich weiß nicht>, meinte er kleinlaut. <Es ist, als ob ich *Tobias* bin, aber zugleich auch Micky. Ich will hinter Schnüren herjagen, und, oh Mann, wenn hier nur eine echte, lebende Maus herumspringen würde! Die würde ich echt gern aufstöbern. Ihr ganz leise folgen. Ihrem Herzschlag, ihren kleinen Kratzefüßchen

lauschen. Ich würde den richtigen Moment abwarten, und dann ein perfekter Sprung durch die Luft mit ausgestreckten Krallen ...> Demonstrativ fuhr er seine Krallen aus.

»Tobias, ich glaube, wir lernen hier gerade etwas«, sagte ich. Erstaunlich, wie rasch ich mich an die Vorstellung gewöhnte, mich mit einer Katze zu unterhalten.

<Was? Was lernen wir denn?>

»Ich denke, du bist nicht *bloß* Tobias. Du bist *wirklich* eine Katze. Ich meine, du hast all dieselben Instinkte. Du willst die Dinge tun, die auch eine Katze tun will.«

<Ja. Ich kann es spüren. Es ist, als wäre ich zwei verschiedene Tiere, die zu einem verschmolzen sind. Ich kann wie ein Mensch denken *und* wie eine Katze.>

»Du solltest dich besser zurückverwandeln«, ermahnte ich ihn.

Er nickte mit seinem Katzenkopf. Absolut unheimlich anzusehen, kann ich euch sagen – eine Katze, die auf eine bedächtige, normale Weise zustimmend nickt.

<Du hast recht.>

Die Verwandlung zurück in Menschengestalt war mindestens so seltsam wie jene zur Katze. Das Fell verschwand und hinterließ nackte Flecken rosafarbener Haut. Aus dem flachen Katzengesicht wuchs eine Nase. Der Schwanz wurde eingesogen wie eine Schlange von einem Staubsauger.

Da stand Tobias und schaute betreten drein. Eilig schlüpfte er in seine Anziehsachen. »Mit etwas Übung kommen wir vielleicht dahinter, wie wir uns *in* unsere Klamotten zurückmorphen.«

»Wir?«

Er lächelte wieder auf seine sanfte Art. »Hast du's noch nicht geschnallt, Jake? Wenn ich es tun kann, dann kannst du es auch.«

Ich schüttelte den Kopf. »Glaub ich nicht, Tobias.«

Plötzlich wurde er wütend. Er packte mich an den Schultern und schüttelte mich heftig. »Verstehst du nicht, Jake? Es ist alles wahr. *Alles*.«

Ich stieß ihn zur Seite. Ich wollte das nicht hören. Doch er ließ nicht locker. »Jake, es ist alles wahr. Der Andalit gab uns diese Kräfte nicht ohne Grund.«

»Na toll«, fauchte ich. »Und *du* gebrauchst sie.«

»Ja, das werde ich«, sagte er. »Aber wir brauchen dich, Jake. Dich am nötigsten.«

»Wieso mich?«

Er zögerte. »Mann, Jake, kapierst du denn nicht? Ich weiß, was ich kann und was nicht. Ich kann keine Pläne schmieden und Leuten sagen, was sie tun sollen. Ich bin kein Anführer. Du schon.«

Ich lachte abwehrend. »Ich bin überhaupt kein Anführer.«

Er schaute mich bloß aus diesen tiefen, sorgenvollen Augen an – Augen, die ich jetzt nur in meiner Erinnerung sehen kann. »Ja, Jake, du bist unser Anführer. Du bist derjenige, der uns alle zusammenhalten und uns helfen kann, die Controller zu besiegen. Wir besitzen die Fähigkeit, viel mehr zu sein, als wir sind. Wir können uns wie Katzen anschleichen und ... und mit Adleraugen sehen und so fein riechen wie Hunde und ... und so schnell rennen wie Pferde oder Geparden. Das werden wir alles brauchen, wenn es irgendeine Hoffnung geben soll, gegen die Controller durchzuhalten.«

Ich wollte es nicht wahrhaben. Nichts von alledem sollte wahr sein.

Doch ich wusste, dass es stimmte.

Ich nickte langsam. Ich fühlte mich so, als würde ich in etwas Grauenvolles einwilligen. Als ob ich freiwillig zum Zahnarzt ginge oder noch etwas viel Schlimmeres. Ich hatte das Gefühl, dass soeben eine Million Pfund auf meinen Schultern gelandet waren.

Ich wusste, was ich als Nächstes tun musste.

»Na schön«, brummte ich. »Dann will ich mal Homer suchen gehen.«

Homer. So heißt mein Hund.

KAPITEL 9

Es tut nicht weh. Das Morphen, meine ich.

Ich streichelte Homer ein Weilchen, wobei ich mir wie ein kompletter Idiot vorkam. »Das ist das Dümmste, was ich je gemacht habe«, sagte ich zu Tobias.

»Sieh mal, du musst dich konzentrieren. Wenigstens war es bei mir so. Ich meine, ich malte dieses geistige Bild von Micky, okay? Ich stellte mir vor, wie ich er wurde.«

»Verstehe. Jetzt muss ich also sozusagen darüber meditieren, ein Hund zu werden.«

»Stimmt. Du musst fest daran denken. Du musst es *wollen.*«

Normalerweise hätte ich ihn für durchgeknallt erklärt. Aber ich war soeben Zeuge geworden, wie er sich in eine Katze verwandelte. Wenn also er verrückt war, dann war ich's auch.

Ich nahm mir vor, Homer zu werden. Während ich ihm übers Fell strich, formte ich ein geistiges Bild von mir, wie ich Homer *wurde*. Während ich das tat, wurde Homer sonderbar ruhig. Als ob er schlafen würde; nur seine Augen waren offen.

»Genau wie bei Micky«, bemerkte Tobias. »Ich denke, der Vorgang versetzt das Tier irgendwie in einen Trancezustand oder so was.«

»Er hat einfach Angst, weil er glaubt, dass sein Herrchen ein absoluter Volltrottel ist.« Wieder streichelte ich Homers Fell und konzentrierte mich, und Homer lag noch immer ganz still.

»Okay, was jetzt?«, fragte ich Tobias.

»Jetzt bringen wir Homer besser nach draußen. Er könnte womöglich durchdrehen, wenn er mit ansieht, wie du dich in ihn verwandelst.«

Es dauerte ungefähr zehn Sekunden, bis Homer aus seiner Trance erwachte. Aber dann sprang er hoch, normal, wieder ganz der hyperaktive Homer. Ich brachte ihn nach draußen in den Hof.

Als ich zurückkam, saß Tobias geduldig da und wartete. »Probier's doch mal«, bedrängte er mich. »Denk fest daran. Du musst es wollen.«

Ich holte tief Luft und schloss die Augen. Ich erinnerte mich an das Bild von Homer, das ich im Geist geformt hatte. Ich dachte daran, Homer zu werden.

Ich öffnete die Augen. »Wau-wau«, sagte ich lachend. »Schätze, bei mir hat's nicht geklappt, Tobias.«

Mein Handrücken juckte, und ich kratzte mich.

»Jake?«, sagte Tobias.

»Was ist?«

»Sieh mal deine Hand an.«

Ich betrachtete meine Hand. Sie war bedeckt mit gelb-braunem Fell.

Ich sprang dreißig Zentimeter senkrecht in die Höhe. »Ooh! Ooooh!« Ich starrte auf meine Hand. Die Haare hatten aufgehört zu wachsen.

»Keine Angst«, riet Tobias. »Mach weiter. Jetzt hast du das Morphen unterbrochen. Du musst dich konzentrieren.«

»Meine Hand!«, rief ich. »Fell!«

»Ja, und deine Ohren ...«, ergänzte Tobias.

Ich rannte zum Spiegel über meiner Kommode. Meine Ohren waren gewandert. Sie waren seitlich am Kopf hochgerutscht und waren definitiv länger, als sie sein sollten.

»Mach weiter, es ist so cool!«, feuerte Tobias mich an.

»Cool? Es ist ... es ist .... unheimlich. Es ist abartig. Es ist ... ich meine, sieh dir meine Hände an! Ich habe ein Fell!«

»Du musst es tun«, sagte Tobias.

»Ich muss *gar nichts* tun«, widersprach ich zögernd.

Tobias nickte. »In Ordnung, du hast recht. Du musst das nicht tun. Du kannst einfach vergessen, was wir letzte Nacht sahen. Und vergessen, was wir wissen. Und wenn die Yirks immer mehr Leute übernehmen, kannst du es einfach ignorieren. Wir können alle einfach so weitermachen und in einer Welt aufwachsen, wo Menschen lediglich Körper sind, die von mörderischen Aliens besetzt werden. Aber können wir das wirklich?«

Nun ja, wenn er es so sah, dann hatte ich wohl keine große Wahl.

»Los«, drängte Tobias.

Ich schluckte heftig und schloss die Augen. Ich dachte an Homer. Daran, Homer zu *sein*.

Wieder fühlte ich den Juckreiz und als ich die Augen öffnete, wuchs Fell auf meinen Armen. Und aus meinem Gesicht. Und auch unter meinem Kragen kräuselte sich das Fell. Meine Beine juckten, und wie ich sehen konnte, wucherte auch hier das Fell.

Meine Knochen ... na ja, sie *schmerzten* eigentlich nicht, doch dafür spürte ich sie sehr komisch. Wisst ihr, wenn ihr zum

Zahnarzt geht und er gibt euch etwas, damit es beim Bohren nicht *richtig* wehtut, aber ihr wisst, es müsste wehtun? So in etwa war es wohl auch hier.

Meine Knochen wurden kürzer. Ich konnte spüren, wie sich mein Rückgrat streckte und zu einem Schweif verlängerte. Ich fiel vornüber, unfähig, noch länger aufrecht zu gehen.

Als meine Hände den Boden berührten, waren es eigentlich keine Hände mehr. Die Finger waren verschwunden. Alles, was noch übrig war, waren kurze Stummelnägel.

Mein Gesicht wölbte sich nach außen. Meine Augen rückten enger zusammen.

Tobias stand auf und kippte den Spiegel nach unten, damit ich mich sehen konnte.

Ich beobachtete das Ende der Verwandlung, wie die letzten Stellen meiner rosafarbenen Menschenhaut verschwanden. Und wie der Schweif – *mein* Schweif – sich zur vollen Länge entfaltete.

Ich war ein Hund. Es war verrückt. Doch daran gab es nix zu rütteln: Ich war ein *Hund*.

All dies hätte mir im Grunde Angst einjagen müssen, nur tat es das nicht. Ich war begeistert. Hingerissen. Fasziniert. Eine Woge des Glücks schwappte über mich. Ich war erfüllt von Glückseligkeit.

Ich atmete mit meiner lächerlich langen Nase ein und machte »Wau! Wau!« Die Gerüche. Oh, Mann, ihr habt ja keine Ahnung! Ich schnupperte kurz und sofort wusste ich, dass meine Mama in der Küche Waffeln backte. Und ich wusste, dass Tobias durch das Revier eines großen Rüden gelaufen war. Und ich wusste Dinge, die ich mit menschlichen Worten nicht mal erklären könnte. Es war so, als wäre man sein Leben lang blind gewesen und könnte nun plötzlich sehen.

Ich rannte zu Tobias hinüber und schnupperte an seinem Schuh. Ich wollte mir ein genaueres Bild davon verschaffen, wer jener große Rüde war. Anhand des Uringeruchs, der an Tobias Schuh haftete, bekam ich einen ungefähren Eindruck von ihm. Schau mal an, Homer kannte ihn. Er war kastriert, wie ich. Die meiste Zeit hielt er sich in seinem Hof auf. Manchmal aber brach er aus, indem er sich unter dem Zaun durch buddelte. Er bekam eine Mischung aus Dosen- und Trockenfutter. Keine Tischabfälle, im Unterschied zu mir.

All diese Informationen machten mich rundherum froh und ich musste mit dem Schweif wedeln. Ich schaute zu Tobias hoch. Er wirkte groß und fremd und nicht sehr auffällig. Ich war gar nicht so daran interessiert, die Dinge zu *sehen*. Sie zu riechen war viel besser.

EIN EINDRINGLING!

Vom Hof drang ein Geräusch. Ein Hund! Ein unbekannter Hund in MEINEM Hof. Ein EINDRINGLING!

Ich rannte zum Fenster, presste mich gegen die Scheibe und spielte verrückt.

»*Rrrwau! Rrrwau rrwarrf! Rrrwarrfwarrfwarrfwarrff!*«

Ich bellte so laut ich konnte. Ich würde NICHT zulassen, dass irgendein wildfremder Hund einfach so über MEINEN Hof lief.

»Jake, krieg dich wieder ein«, sagte Tobias. »Das da draußen ist Homer.«

Homer? Was? Aber ich war doch ...

Ich zog den Schwanz ein. Was ging hier vor?

»Hör mal zu, Jake«, sagte Tobias. »Genau das Gleiche ist mit mir passiert, als ich mich in Micky verwandelte. Das Hundehirn ist jetzt ein Teil deines Gehirns. Damit musst du klarkommen.«

<Aber ... da ist ein Hund in MEINEM Hof.>

»Das ist Homer, Jake. Du bist Jake. Du befindest dich nur in einem von Homers DNS abkopierten Körper. Das da draußen ist der *echte* Homer. Du hast ihn selbst hinausgesperrt. Konzentriere dich. *Du* bist Jake. Jake.«

Ich atmete ein paar Mal tief durch. Die Gerüche! Oh Mann, da war dieser eine Duft, den ich nicht ganz ...

Konzentrier dich, Jake!, befahl ich mir selbst. Konzentrier dich!

Allmählich beruhigte ich den Hundeteil meines Verstandes.

Lass ab von den Gerüchen. Kümmere dich nicht mehr um das Geräusch eines Hundes draußen in deinem Hof

Es war nicht leicht, dieses erste Mal. Ein Hund zu sein ist so absolut unglaublich. Vor allem gibt es dabei keine halben Sachen. Du bist nie *irgendwie* bloß glücklich. Du bist GLÜCKLICH! Du bist nie irgendwie bloß bedrückt. Du bist total niedergeschlagen. Und wenn man als Hund Hunger hat, wird man beim Gedanken an Futter wahnsinnig.

Es klopfte an meiner Zimmertür. Ja, *meine* Zimmertür. Ich wusste wieder, wer ich war. Ich war Jake. Jake mit vier Beinen, einem Schweif und einer Schnauze, aber Jake.

In meinen Hundeohren klang das Klopfen unvorstellbar laut.

»Jake, ist Homer bei dir da drin?« Die Stimme von meinem Bruder Tom. »Mama ist am Telefon, er soll aufhören zu kläffen ...«

Er öffnete die Tür und kam herein. Verwirrt blickte er um sich.

»Wer bist denn du?«, wollte er von Tobias wissen.

»Tobias. Ich bin ein Freund von Jake.«

»Schön, und wo ist er?«

»Oh ... er ist gerade mal draußen«, antwortete Tobias.

Tom schaute zu mir herunter. Irgendwie haftete ihm ein sonderbarer Geruch an. Mein Hundehirn konnte ihn nicht eindeutig identifizieren. Es war ein unheilvoller, gefährlicher Duft. Und irgendwo hörte ich im Kopf das Echo eines Lachens. Ein sehr menschliches Lachen, das ich vorige Nacht gehört hatte, als Visser Drei den Andaliten mit Haut und Haaren verschlang.

»Böser Hund!«, schnauzte Tom. »Du bist jetzt still. Böser Hund!« Und dann ging er.

Ich war niedergeschlagen. Ich war kein böser Hund. Nicht wirklich. Ich hatte nur gebellt, weil irgendein anderer Hund in MEINEM Hof war. Böser Hund? War ich ein böser Hund? Nein, ich wollte ein braver Hund sein. Ich kroch in die Ecke und fühlte mich ausgesprochen elend.

Tobias kniete sich neben mich und tätschelte meinen Kopf.

Als er mich hinter den Ohren kraulte, fühlte ich mich schon etwas besser.

KAPITEL 10

Nachdem ich mich wieder in meine normale Gestalt zurückgemorpht hatte, rief ich die anderen an. Tobias zog allein los und sagte, er werde uns später auf Cassies Farm treffen. Ich plauderte gerade in der Küche mit Cassie am Telefon, als Tom reinkam.

»Oh, da bist du ja«, sagte er.

Ich hielt die Sprechmuschel zu. »Ja. Tobias sagte, du hättest vorhin nach mir gesucht.«

»Ich wollte nur, dass du deinen Hund einsperrst«, sagte Tom. Er drehte einen Stuhl mit der Lehne nach vorn und hockte sich mit verschränkten Armen drauf.

Ich zögerte. Aus irgendeinem Grund wollte ich nicht mit Cassie reden, solange Tom zuhörte. »Ich sehe euch dann in ein paar Stunden, okay?«, sagte ich zu Cassie und legte auf.

Ich sah zu Tom hinüber. Er ist größer als ich, obwohl ich auch nicht eben klein bin. Seine Haare sind dunkler, fast schwarz, meine dagegen sind braun.

Mein ganzes Leben lang hatte ich ihm vertraut. Er war nicht wie so viele andere Jungs, die ihren kleineren Bruder piesacken. Wir standen uns immer irgendwie nahe. Zumindest bis etwa letztes Jahr. Jetzt verbrachten wir einfach nicht mehr so viel Zeit miteinander. Ein Grund dafür war der, dass Tom seit einiger Zeit bei diesem sogenannten Freundschaftsklub mitmachte. Sie taten alles gemeinsam, weshalb er viel auf Achse war.

Die Sache ist die: Im Grunde hätte Tom der *allererste* Mensch sein müssen, dem ich von allem, was passiert war, berichtete. Aber als ich so dasaß und ihm zusah, wie er seinen Toast in sich hinein mampfte, hatte ich einfach so ein Gefühl. Ein Gefühl, das mir sagte: Nein, du musst das geheim halten. Sogar vor Tom.

Stattdessen erzählte ich ihm von der anderen Sache, mit der ich ebenfalls nur sehr ungern herausrückte.

»Ich, äh ... ich hab's nicht ins Team geschafft«, druckste ich herum.

»Was für ein Team?«, fragte er. Er glotzte verwirrt.

»Was für ein Team? Das Basketballteam. Deine alte Mannschaft.«

»Oh. Schade«, meinte er.

»Schade?«, äffte ich ihn nach. Ich konnte nicht glauben, wie wenig ihn das zu kümmern schien.

»Ist doch bloß Sport«, sagte er und biss erneut herzhaft in seinen Toast.

»Bloß Sport?« Ich musste einfach wiederholen, was er da sagte. Ausgerechnet Tom erklärte mir, dass Sport nicht wichtig sei? Undenkbar. Er lebte für den Sport! »Ja, ich schätze, mir fehlt einfach dein Supertalent.«

Er zuckte mit den Schultern. »Was soll's, ich bin sowieso aus dem Team ausgestiegen. Vor ein paar Tagen schon.«

Ich kippte fast vom Stuhl. »Du bist *was*? Du hast das Team verlassen? Und mir nicht mal was davon erzählt? Was geht denn hier ab?«

»Ich hab nichts gesagt, weil ich wusste, dass du und Papa einen Riesenwirbel darum machen würdet. Schau mal, es gibt wichtigere Dinge, als Bälle durch Reifen zu werfen«, sagte er. In seinen Augen registrierte ich diesen geheimnisvollen Blick. Vermutlich meinte er mit *wichtigeren Dingen* Mädchen. »Außerdem«, fügte er hinzu, »machen wir im Freundschaftsklub viel coolere Sachen. Solltest auch mal zu uns kommen.«

Ich war wie betäubt. Offensichtlich waren Tom und ich uns fremder, als ich je geahnt hätte.

Nach unserem Gespräch ging ich raus, um den Rasen zu mähen. Ich mähe immer samstags unseren Rasen. Das ist meine lästigste Pflicht. Das und den Müll rauszutragen, was ich hasse, weil wir diesen ganzen Recyclingkram machen müssen.

Als ich endlich mit Mähen, Trimmen und Zusammenrechen fertig war, schwang ich mich auf mein Fahrrad und radelte los.

Mit den anderen hatte ich vereinbart, dass wir uns auf Cassies Farm treffen würden. Eigentlich ist das keine normale Farm, aber früher war es mal eine. Und sie haben noch immer Pferde und eine Kuh. Inzwischen aber ist in der großen roten Hauptscheune eine Tierklinik eingerichtet. Cassies Vater betreibt sie. Sie nehmen alle möglichen verletzten Tiere auf, außer Haustiere. Es sind immer eine Menge Vögel da, außerdem Eichhörnchen und Hirsche und Stinktiere und so weiter. Manchmal bekommen sie auch einen Rotluchs oder einen Fuchs herein oder sogar einen Wolf.

Cassies Mama ist ebenfalls Tierärztin, aber sie arbeitet in den Gardens. Das ist dieser riesige Freizeitpark, der auch einen Zoo hat – hm, ich glaube, sie nennen ihn Wildpark. Zum Glück liebt Cassie Tiere wirklich. Andernfalls hätte sie's bei solchen Eltern auch echt schwer.

Nun, ich habe einen Hund, Tobias eine Katze. Cassie hat alles, von Stachelschweinen bis hin zu Eisbären.

Als ich zum Treffpunkt kam, warteten Marco, Tobias und Rachel schon vor der Scheune. Rachel genoss die warme Sonne auf ihrem Gesicht. Cassie war noch nicht da. Wahrscheinlich musste sie noch kräftig mit anpacken. Hier draußen gab es für sie immer wahnsinnig viel Arbeit.

»Hallo, Leute«, sagte ich.

Rachel öffnete die Augen und warf mir gleich eine Zeitung vor die Füße. »Da, schau«, sagte sie und deutete auf einen Artikel.

Ich begann die Meldung zu lesen. Sie war nicht sehr lang. Darin stand, es habe laut Polizeiaussagen vorige Nacht einen Störfall auf dem Baugelände gegeben. Mehrere Leute hätten angerufen und behauptet, sie hätten gesehen, wie fliegende Untertassen gelandet seien, gefolgt von grellen Lichtern.

»Cool«, sagte ich und sah hoch. »Die Bullen wissen also jetzt davon. Da bin ich aber erleichtert.«

»Lies weiter«, sagte Rachel.

In dem Artikel hieß es weiter, die Polizei habe bei ihrem Eintreffen eine Gruppe Jugendlicher entdeckt, die mit Feuerwerkskörpern spielten. Die Jugendlichen seien geflüchtet. Am Ort des Geschehens habe man Feuerwerkskörper gefunden. Der Polizeisprecher habe über die Berichte von fliegenden Untertassen gelacht. »Das war bloß eine Bande von Kindern, die an einem verbotenen Ort spielten«, sagte er. »Es gab definitiv keine fliegenden Untertassen. Die Leute sollten nicht so naiv sein, jeden Unfug zu glauben.«

»Aber das ist eine totale Lüge«, sagte ich.

»Dingelingeling! Korrekte Antwort. Johnny, sag unserem Kandidaten, was er gewonnen hat«, sagte Marco.

»Hast du den Schluss gesehen?«, stieß Rachel hervor.

Ich las den letzten Satz. Es lief mir eiskalt den Rücken herunter. Die Polizei hatte eine Belohnung für Hinweise zur Ergreifung der Jugendlichen ausgesetzt.

»Sie suchen *uns*«, sagte Marco.

»Wieso sollte die Polizei ... ich meine, warum sollten die lügen?«, murmelte ich verwundert.

Marco lachte gehässig. »Schauen wir mal, Käpt'n Schlaukopf – könnte es sein, weil die Cops *Controller* sind?«

»Wohl nicht *alle* Cops«, warf Tobias ein.

»Wenn die Polizei von den Controllern unterwandert wurde – wer weiß, auf wen das dann noch alles zutrifft?«, fragte Rachel. »Lehrer? Leute in der Regierung? Die Zeitungen und das Fernsehen?«

»Auf Mathelehrer mit Sicherheit«, scherzte Marco.

Wir sahen uns alle nervös um, als ob wir erwarteten, von Controllern umringt zu sein.

»Ich hab versucht, mir einzureden, dass alles nur ein Traum war«, sagte Rachel.

»Ging mir genauso«, antwortete ich.

Eine Weile lang sprach niemand ein Wort. Wir hatten alle das gleiche schreckliche Gefühl – als wären wir ganz allein. Als hätten wir es plötzlich mit Dingen zu tun, die viel, *viel* zu groß für uns waren.

Marco redete als Erster. »Schaut mal, warum müssen wir uns damit befassen? Ich sage, lasst es uns einfach vergessen. Wir morphen niemals und kümmern uns einfach nur um unser eigenes Leben.«

Tobias und Rachel sahen mich beide an. Sie warteten darauf, dass ich mich mit Marco herumstreiten würde.

»Marco, ich stimme ja halbwegs mit dir überein ...«, begann ich.

Plötzlich wurde Marco ziemlich heftig. »Wir könnten dabei draufgehen!«, schrie er. »Kapiert ihr's denn nicht? Ihr habt doch gesehen, was mit dem Andaliten passiert ist. Ich meine, das ist 'ne verdammt heikle Sache, Jake. Das ist real. Die Wirklichkeit! Wir könnten alle dabei draufgehen.«

Tobias sah Marco schief von der Seite an, als ob er ihn für einen Feigling hielt. Ich wusste es besser. Er hatte seine Gründe.

Marco schüttelte den Kopf. Mit ruhiger Stimme fuhr er fort: »Sieh mal, diese Controller sind Dumpfbacken. Aber falls mir was zustoßen würde ... mein Vater würde das nicht verkraften.«

Vor zwei Jahren war Marcos Mutter gestorben. Ertrunken. Ihre Leiche wurde nie gefunden. Marcos Vater verlor völlig den Halt. Er schmiss seinen Job als Betriebsingenieur hin, weil er die Gegenwart anderer Leute nicht ertragen konnte. Inzwischen arbeitete er als Nachtportier und verdiente kaum genug, um sich und Marco richtig versorgen zu können. Tagsüber schlief er oder sah fern mit abgestelltem Ton.

»Haltet mich alle für einen Feigling, wenn ihr wollt«, sagte Marco. »Das ist mir egal. Aber wenn ich ums Leben komme oder so was, wird auch mein Vater bald sterben. Er hängt nur wegen mir noch hier rum.«

Ich überlegte, ob ich ihm nicht aufmunternd auf die Schulter klopfen sollte oder irgendwas. Doch so, wie ich Marco kannte, hätte er dann sicher einen bissigen Kommentar abgegeben.

»Da kommt Cassie«, sagte Rachel und schaute, die Hand als Blendschutz gegen die Sonne vor den Augen, über das freie Feld.

Ein Pferd kam über die Wiese galoppiert. Seine schwarze Mähne flatterte in der warmen Brise. Von einem Reiter war keine Spur zu sehen.

Das Pferd wurde langsamer, trabte näher heran, und plötzlich überkam mich ein merkwürdiges Gefühl.

»Cassie und ich sind schon seit einer Weile hier«, sagte Rachel als Erklärung. »Sie beherrscht das echt gut. Schaut mal, wie schnell sie es kann.«

Das Pferd wieherte leise. Dann begann das Tier zu schmelzen. Die großen, braunen Augen wurden etwas kleiner. Das Maul verwandelte sich in einen Menschenmund.

Ein Wesen, das halb Pferd und halb Cassie war, lächelte uns mit großen Pferdezähnen an und sagte: »Hallo Jungs.«

Marco setzte sich plötzlich hin. Genauer gesagt, ließ er sich schwer ins Gras fallen. Er hatte noch nie jemanden morphen gesehen.

»Das ist cool«, sagte ich und versuchte ganz locker zu klingen. »Es ist bloß Cassie.«

Ich beschloss, besser wegzusehen. Schließlich hatten Tobias und ich uns neulich sozusagen direkt aus unseren Klamotten gemorpht. Aber da sah ich gerade noch, dass Cassie einen hautengen, blauen Gymnastikdress anhatte. Einen Anzug, wie ihn Mädchen beim Aerobic tragen.

Ich sah hin und erblickte etwas Schönes: Nur ein paar Sekunden lang blieb sie halb Pferd und halb Mensch. Sie erinnerte mich an den Andaliten. Ich erkannte, dass sie es bewusst tat. Cassie steuerte den Ablauf ihres Morphens.

»Mensch, Rachel«, sagte ich. »Du hast recht. Cassie kann's echt gut.«

Plötzlich hörten wir Reifen auf Kies knirschen.

Hastig fuhren wir alle mit dem Kopf herum. Ein schwarzweißer Wagen kam den Feldweg heruntergerollt. »Die Bullen!«, rief Tobias.

KAPITEL 11

»Cassie, morph dich zurück! Schnell!«, ermahnte ich sie in scharfem Ton. Das Polizeiauto kam rasch näher. »Eine Mischung aus halb Pferd, halb Mensch wollen wir nicht erklären müssen.«

»In welche Richtung soll ich denn morphen?«, jammerte Cassie. »Pferd oder Mensch?« Sie bäumte sich leicht auf.

Ich wusste, was hier passierte. Sie bekämpfte den Panikdrang des Pferdes.

»Ogottogott!«, rief ich. »Stellt euch alle vor sie hin!«

Das Polizeiauto bremste so hart ab, dass der Kies umherspritzte. Ein Polizist stieg aus. Er war allein.

Ich winkte ihm zu.

»Morgen«, grüßte er. »Habt ihr Kinder, äh ... irgendwas zu verbergen?«

Ich wollte vorsichtig rückwärts über meine Schulter schauen, um zu sehen, in welcher Gestalt sich Cassie befand. Aber das wäre ein Fehler gewesen. »Was denn zu verbergen?«, wiederholte ich.

»Tretet zur Seite, alle miteinander!«, befahl er.

Das taten wir, und zum Vorschein kam Cassie. Als kompletter Mensch.

Der Polizist schaute verwirrt. Aber dann zuckte er bloß mit den Schultern.

Ich seufzte tief vor Erleichterung.

»Können wir Ihnen helfen, Officer?«, fragte Rachel so *pflichtschuldig*, wie sie nur konnte.

»Wir führen ein paar Befragungen durch«, sagte er, wobei er Cassie noch immer so ansah, als ob mit ihr was nicht stimmte. »Wir suchen ein paar Jugendliche, die letzte Nacht auf dem Baugelände gegenüber vom Einkaufszentrum Feuerwerkskörper abgefeuert haben.«

Plötzlich fing Marco an zu lachen.

»Was hat der denn?«, fragte der Polizist.

»Nichts«, erwiderte ich. »Der hat gar nix.«

»Wir wollen diese Kinder«, sagte der Polizist. »Und zwar schleunigst. Wisst ihr, was sie getan haben, war gefährlich. Es hätte jemand verletzt werden können. Deshalb wollen wir diese Kinder haben.«

Plötzlich wusste ich Bescheid. Er war einer von ihnen. Der Polizist war ein Controller. Ich betrachtete sein Gesicht. Es schien ganz normal. Aber in seinem Kopf saß ein Wesen von einem anderen Planeten – eine bösartige, schmarotzerische Nacktschnecke. Gleich hinter diesen normalen, menschlich wirkenden Augen lauerte etwas Abscheuliches.

»Davon weiß ich nichts«, log ich.

Er musterte mich eindringlich und ich fing an zu schwitzen.

»He, weißt du was?«, sagte er. »Du kommst mir bekannt vor. Du siehst aus wie ein junger Bursche, den ich kenne. Er heißt Tom.«

»Das ist mein Bruder«, sagte ich. Ich bemühte mich, dass meine Stimme nicht überschnappte. Aber ich konnte einfach nicht die Tatsache ignorieren, dass ich hier nicht mit einem normalen menschlichen Cop redete. Nicht wirklich jedenfalls. Er war ein Human-Controller. Sein menschliches Gehirn war total versklavt. Aber dass er Tom kannte, half uns aus der Klemme.

»Tom ist also dein Bruder, ja? Er ist ein guter Junge. Ich kenne ihn vom Freundschaftsklub. Ich bin eine der Aufsichtskräfte dort. Tolle Gruppe, dieser Freundschaftsklub. Du solltest mal zu einem Treffen kommen.«

»Ja, ähm, Tom hat mich schon dazu eingeladen«, sagte ich.

»Wir haben eine Menge Spaß da.«

»Ja«, wiederholte ich.

»Na gut, ihr ruft mich an, wenn ihr was über diese Kinder vom Baugelände erfahrt? Und lasst euch nicht täuschen – vielleicht tischen sie euch nur irgendeine wilde Geschichte auf, um die Unschuldigen zu spielen. Aber ihr seid zu clever, um einen Haufen spinnerter Lügen zu glauben, stimmt's?«

»Ein wirklich kluges Kerlchen«, sagte Marco leise. Endlich fuhr der Polizist weg.

»Okay, Regel Nummer eins«, verkündete Rachel mit fester Stimme. »Wir tun nichts, um die Aufmerksamkeit auf uns zu lenken. Wir müssen über alles Stillschweigen bewahren. Vor allem über das Morphen.«

Cassie schaute betreten drein. »Ja, war blöd von mir. Es ist bloß ... Mann! Es ist wahnsinnig, so herumzurennen. Draußen, unter freiem Himmel, immer weiter.«

»Wie hast du's geschafft, dich mitsamt den Klamotten zu morphen?«, fragte ich. »Als Tobias und ich es taten ... na ja, sagen wir mal, es war gut, dass keines von euch Mädchen dabei war.«

»Man braucht schon etwas Übung«, sagte Cassie. »Und es funktioniert nur mit engen Sachen. Ich habe es mit einem Mantel versucht. Der ist jetzt in Fetzen. Ich weiß nicht, was wir im Winter machen werden.«

»Das sollte nicht das Problem sein«, sagte Marco entschlossen. »Denn es wird überhaupt niemand mehr morphen.«

»Vielleicht hat Marco recht«, sagte Rachel. »Das ist 'ne Nummer zu groß für uns. Wir sind bloß Kinder. Wir müssen irgendein hohes Tier finden, dem wir das alles erzählen. Jemandem, dem wir vertrauen können.«

»Wir können niemandem vertrauen«, warf Tobias ein. »Jeder könnte ein Controller sein. Wenn wir an den Falschen geraten, sind wir alle tot. Und die ganze Welt steuert ihrem Untergang entgegen.«

»Ich will nicht mit dem Morphen aufhören«, sagte Cassie. »Versteht ihr, was wir alles mit dieser Macht bewirken könnten? Vielleicht könnten wir uns mit Tieren verständigen. Zur Rettung bedrohter Arten beitragen.«

»Die Menschheit könnte die nächste bedrohte Art sein, Cassie«, erklärte Tobias ruhig.

»Was meinst du, Jake?«, fragte Cassie.

»Ich?«, wiederholte ich verdutzt. »Ich weiß nicht. Marco hat recht, wir könnten alle dabei draufgehen. Rachel hat recht, das Ding ist zu groß für eine Clique von Kids.« Ich zögerte. Mir gefiel nicht, was ich gleich sagen würde. »Aber Tobias hat auch recht. Ich meine, die ganze Erde ist in Gefahr. Und wir *können* niemandem vertrauen.«

»Was machen wir also?«, fragte Rachel.

»He, das zu entscheiden, ist nicht meine Sache!«, gab ich heftig zurück.

»Stimmen wir ab«, schlug Rachel vor.

»Ich bin dafür, dass wir versuchen, lange genug am Leben zu bleiben, um den Führerschein zu machen«, sagte Marco.

»Ich finde, wir sollten das tun, was der Andalit gesagt hat – kämpfen«, sagte Tobias.

»Als ob du groß Erfahrung im Kämpfen hättest«, giftete Marco. »Du kommst ja schon mit den Punks in der Schule nicht klar. Und jetzt willst du plötzlich diesem durchgeknallten Visser Drei in den Arsch treten?«

Tobias sagte nichts, wurde jedoch puterrot.

»Ich bin mit Tobias einer Meinung«, sagte Rachel und warf Marco einen abfälligen Blick zu. »Ich wünschte, wir könnten das alles auf jemand anderen abwälzen. Aber das geht nicht.«

»Lasst uns 'ne Weile darüber nachdenken«, sagte Cassie. »Das ist eine schwerwiegende Entscheidung. Ich meine, wir stehen hier nicht vor der Frage, ob wir Jeans oder einen Rock anziehen sollen.«

Ich fühlte mich erleichtert. Hab Dank für Cassie, lieber Gott.

»Ja, warten wir noch 'ne Weile«, pflichtete ich bei. »Inzwischen sagt niemand auch nur ein Sterbenswörtchen zu irgendwem. Wir leben einfach wieder ganz normal weiter.«

Ein Grinsen huschte über Marcos Gesicht. Er fühlte sich als Sieger. Ich war mir da nicht so sicher. Tobias war noch immer rot im Gesicht. Verstohlen warf er Rachel einen dankbaren Blick zu.

Marco und ich machten uns auf den Heimweg zu mir. Wir versuchten, uns ganz normal zu verhalten. Wir sprachen über die Baseballsaison und wer wen in *Todeszone Fünf* abmurksen würde. So heißt dieses Ballerspiel, das wir auf meinem Rechner spielen wollten.

Als wir bei mir zu Hause ankamen, war uns der Gesprächsstoff ausgegangen.

Eine Zeit lang spielten wir *Todeszone*. Keiner von uns war dabei richtig gut. Gaming war einfach nicht mehr so interessant. Ich war völlig geistesabwesend.

Nach einer Weile kam Tom herein. »Hi Jungs«, sagte er. »Kann ich das auch mal probieren?«

Seit Monaten schon hatte Tom nicht mehr so was mit mir unternommen, wie etwa ein Spiel zu zocken.

»Klar.« Marco rückte zur Seite und gab Tom seinen Joystick.

Wir spielten ein paar Minuten lang und Tom schlug sich ganz achtbar. Doch dann schien er plötzlich gelangweilt oder sonst irgendwas. Er gab Marco den Joystick wieder, lehnte sich einfach zurück und schaute uns zu.

»He, habt ihr gehört, was da letzte Nacht auf der Baustelle alles passiert ist?«, fragte er mich.

Marco zuckte überrascht zusammen.

»Was denn?«

»Es stand in der Zeitung«, sagte Tom beiläufig. »Angeblich sollen dort ein paar Kinder Feuerwerkskörper abgefeuert haben. Einige Schwachköpfe aus der Nachbarschaft hielten die für fliegende Untertassen oder irgend so was.« Er lachte. »Jaja, richtig, fliegende Untertassen.«

Marco und ich lachten ebenfalls beide.

»Ja. Und dabei waren es nur diese Kinder, die mit Feuerwerksraketen rumspielten«, sagte Tom.

»M-mh«, sagte ich und versuchte intensiv, mich auf das Spiel zu konzentrieren.

»Ihr wart gestern Nacht draußen im Einkaufszentrum, richtig?«, fragte mich Tom.

»M-mh.«

»Seid ihr auf dem Heimweg über das Baugrundstück zurückgegangen?«

Ich schüttelte den Kopf. »Bestimmt nicht.«

»Und ihr habt nicht zufällig dort irgendwelche Kids rumhängen gesehen?«

»Nö.«

»Nicht, dass ich ihnen Probleme machen würde«, sagte Tom. »Also, ich finde das schon irgendwie cool. Da knallen die einfach ein bisschen rum und jagen all diesen Leuten einen solchen Schrecken ein, dass sie von fliegenden Untertassen faseln.«

»H-hm.«

»Fliegende Untertassen«, sagte er. Er lachte wieder. »Nur ausgemachte Volltrottel glauben solchen Kram.« Er beugte sich dicht zu uns her. »An so was glaubt ihr doch nicht, oder? An Aliens und Raumschiffe und kleine grüne Männchen vom Mars?«

Ich wollte widersprechen; keiner von denen war klein oder grün gewesen. Stattdessen sagte ich nur: »Nie im Leben.«

Tom nickte und stand auf. »Cool. Weißt du, Jake, ich denke, wir haben in letzter Zeit nicht viel gemeinsam unternommen.«

»Schätze nein.«

»Schade«, sagte er. Er schnippte mit den Fingern, als hätte er gerade einen Einfall gehabt. »Weißt du, du solltest dem Freundschaftsklub beitreten. Und Marco auch.«

»Weshalb sollten wir das tun?«, fragte Marco.

Tom grinste nur. »Ich muss jetzt gehen«, sagte er. Er gab mir einen richtigen kumpelhaften Klaps auf die Schulter. »Ich seh euch dann, Jungs. Und nicht vergessen – gebt mir Bescheid, wenn ihr was über diese Kids von der Baustelle hört.«

Weg war er.

Marco sah mich an. »Jake. Er ist einer von ihnen.«

»Was?«

»Tom. Tom ist einer von *denen*. Dein Bruder ist ein Controller.«

KAPITEL 12

Ich holte aus und traf Marco mit der Faust an der Schläfe.

Er schnellte zurück und ich holte erneut aus. Aber Marco war flink. Er tauchte unter meinem zweiten Schwinger durch und ich rutschte aus und fiel zu Boden.

Marco riss das Laken von meinem Bett, warf es über mich, um meine Arme zu fesseln, und hockte sich rittlings auf mich.

»Jake, hör auf, dich wie ein Vollidiot zu benehmen«, sagte er.

Ich versuchte ihn zu packen, aber er hatte mich echt gut am Wickel. »Nimm das zurück!«, schrie ich.

»Kaum«, sagte Marco. »Glaubst du, es ist bloß ein Zufall, dass er sich plötzlich so brennend dafür interessiert, was auf der Baustelle los war?«

Zugegeben, es sah schlecht aus. Trotzdem versuchte ich mich freizustrampeln und Marco in den Hintern zu treten. Urplötzlich überfiel mich die Erkenntnis zu dem Geruch, den ich an Tom gewittert hatte, als ich mich gerade in einen Hund gemorpht hatte. Und da war dieses Lachen, das ich auf dem Baugelände gehört hatte.

Aber nein. Nicht! Das war doch Tom, mein großer Bruder. Tom hätte diesen schleimigen Ekelviechern nie erlaubt, sich in seinem Kopf breitzumachen. Niemals.

»Ich lass dich los, wenn du dich beruhigst«, sagte Marco. »Schau mal, vielleicht irre ich mich ja auch?«

Ich hörte auf zu strampeln und Marco gab mich frei. »Du musst zugeben, es sieht nicht gut aus.«

»Tom ist *keiner* von denen, *okay*? Schluss damit!«, sagte ich.

»Wie auch immer«, sagte Marco. »Nur hau mich nicht wieder, sonst muss ich wohl zurückschlagen.«

In dem Moment hörte ich ein Flattern an meinem Fenster, als ob jemand sehr leise dagegen klopfte.

Da draußen war ein Vogel. Irgendein Mordsbrummer, ein Adler oder ein Falke vielleicht, der mit seinen Schwingen gegen die Scheibe schlug.

<Lass mich rein, okay? Ich kann nicht ewig hier rumflattern!>

Marco riss die Augen auf. Er hatte es auch gehört.

Ich öffnete das Fenster. Sogleich kam der Vogel hereingeflogen und landete auf meiner Kommode. Er war gut einen halben Meter lang, überwiegend braun, mit knorrigen Fängen und einem scharfen Hakenschnabel.

»Es ist irgendein Adler oder so was«, sagte Marco.

<Ein Rotschwanzbussard, um genau zu sein>, sagte Tobias.

»Hey, Tobias«, protestierte Marco. »Ich dachte, wir hätten vereinbart, künftig nicht mehr zu morphen.«

<Damit war *ich* nie einverstanden.>

»In Ordnung, jetzt morph dich zurück, Tobias«, sagte ich. »Du weißt, was der Andalit gesagt hat – bleibt nie länger als zwei Stunden in einer fremden Gestalt.«

Tobias zögerte. Er hielt seinen Raubvogelkopf schräg und beäugte mich aus unglaublich konzentrierten Augen. Schließlich hüpfte er auf mein Bett herüber.

Eines kann ich euch sagen: Es ist mehr als unheimlich, zuzusehen, wie sich Federn in Haut verwandeln. Die braunen Federn verliefen ineinander und wurden rosa. Als ob sie schmelzen würden. Als seien sie zu Wachs geworden und würden nun erhitzt.

Der Schnabel verschwand rasch und aus ihm wuchsen Lippen. Die Klauen teilten sich fünffach und wurden zu Zehen.

Bei der Hälfte des Verwandlungsprozesses war Tobias ein Klumpen, halb rosa, halb braun, wobei auf Brust und Rücken noch federähnliche Strukturen erkennbar waren. Sein Gesicht war klein und annähernd menschlich, nur hatte er noch diese scharfen, hellwachen Greifvogelaugen. Vorn aus seiner Brust wuchsen zwei winzige, verschrumpelte Ärmchen mit Fingern wie die eines Babys.

Insgesamt also ein ziemlich ekliger Anblick.

Doch die menschliche DNS siegte über die des Bussards, seine Züge wurden immer deutlicher erkennbar. Etwa drei Minuten nach Beginn seiner Verwandlung saß da ein völlig normaler Tobias auf meinem Bett, normal – aber splitternackt.

»Ich bin noch nicht dahintergekommen, wie man mit Kleidern morpht, so wie Cassie«, sagte er verlegen. »Kann ich mir welche ausborgen?«

Ich lieh ihm Hemd und Hose, aber meine Schuhe hatten alle die falsche Größe.

»Das war das Coolste, was ich je im Leben gemacht habe«, sagte Tobias. Sein ganzes Gesicht glühte. »Ich bin auf der Thermik geritten.«

»Was ist eine Thermik?«, wollte ich wissen.

»Eine vom Boden aufsteigende Warmluftströmung. Sie bildet

so ein Luftkissen unter deinen Flügeln. Du kannst einfach schweben und dich emportragen lassen. Kilometerhoch! Du surfst richtig auf der Thermik. Jungs, das müsst ihr probieren! Das ist das Schärfste überhaupt.«

»Tobias, wie um alles in der Welt hast du's geschafft, dich in einen Bussard zu morphen?«, fragte ich.

»Gleich dort in Cassies Scheune haben sie einen verletzten Bussard«, sagte er. »Da war auch noch ein cooler Fischadler, aber ich hab mich für den Bussard entschieden.«

»Wie konntest du fliegen, wenn der Bussard, in den du dich gemorpht hast, verletzt war?«, fragte ich.

Mitleidig schüttelte Marco den Kopf. »Jake, passt du denn im Biounterricht gar nicht auf? Die DNS hat nix mit irgendwelchen Verletzungen zu tun. Es war bloß ein Flügel gebrochen, nicht die DNS.«

Ich überging Marcos Bemerkung. »Du hast Glück, dass Cassies Papa dich nicht erwischt hat«, sagte ich zu Tobias.

»Er ist so deprimiert«, bemerkte Tobias.

»Wer? Cassies Vater?«

»Nein, der Bussard. Ich meine, er weiß vermutlich, dass sie ihm da in der Scheune nicht wehtun wollen, aber er erträgt es nicht, die ganze Zeit über eingesperrt zu sein, bis sein Flügel heilt.«

Tobias' Augen verdüsterten sich. »Es ist furchtbar, wenn Vögel in Käfigen eingesperrt sein müssen. Sie sollten frei sein.«

»Ja, Freiheit für die Vögel«, erwiderte Marco sarkastisch. »Ich lass passende Autoaufkleber drucken.«

»So würdet ihr nicht reden, wenn ihr mit mir da oben gewesen wärt«, wehrte sich Tobias heftig. »Es war cool, eine

Katze zu sein und alles. Aber ein Raubvogel! Das ist einfach die totale, völlige Freiheit!«

Noch nie zuvor hatte ich Tobias so glücklich gesehen. Ich meine, daheim bei sich hat Tobias ein ziemlich trauriges Leben. Bei diesem Gedanken hatte ich plötzlich so ein Gefühl ...

Ich wiederholte die Warnung. »Nicht länger als zwei Stunden in einer anderen Gestalt bleiben, okay? Du achtest auf die Zeit, versprochen?«

Tobias lächelte. »Ja. Ich habe zwar keine Uhr oder sonst was, aber mit Greifvogelaugen kann man die Zeiger auf einer Armbanduhr noch erkennen, wenn deren Besitzer einen halben Kilometer weiter unten läuft. Man fühlt sich wie Superman. Du kannst fliegen und hast dazu noch diese fantastische Sehkraft.«

»Jetzt *ist* er Superman«, murmelte Marco.

»Ich hab mich mal umgesehen. Ich dachte, ich könnte vielleicht aus der Luft was erkennen«, sagte Tobias. »Ich hab nach einem Yirkpool Ausschau gehalten.«

Der Satz kam mir irgendwie bekannt vor. Ich erinnerte mich, dass Visser Drei etwas von »Yirkpools« gesagt hatte. »Was ist ein Yirkpool?«, fragte ich Tobias.

»Dort leben die Yirks in ihrer natürlichen Gestalt. Alle drei Tage muss ein Yirk seinen Wirtskörper verlassen und den Yirkpool aufsuchen, um Nährstoffe aufzunehmen. Vor allem Kandronastrahlen.«

Marco und ich sahen uns erstaunt an. Keiner von uns hatte hiervon etwas gewusst.

»Am Schluss«, erklärte Tobias, »als der Andalit uns alle zu fliehen aufforderte, blieb ich doch noch ein paar Sekunden zurück.

Wahrscheinlich hatte ich wohl selbst zum Wegrennen noch zu viel Schiss.«

Ich schüttelte den Kopf. Ich wusste es besser. Tobias hatte den Andaliten nur nicht allein lassen wollen. Vielleicht bedeutete ihm der Andalit noch mehr als uns anderen.

»Jedenfalls gab er mir ... Visionen. Ja, so könnte man sie wohl bezeichnen. Bilder. Informationen. Eine Menge davon, und alles auf einmal. Vollkommen durcheinander geworfen. Ich hab noch nicht mal damit begonnen, sie zu entwirren. Aber ich weiß Bescheid über die Yirkpools und das Kandrona.«

Marco hob die Hand, um Tobias das Wort abzuschneiden. »Lass mich die Tür überprüfen«, sagte er. Er ging zu meiner Zimmertür und schaute hinaus auf den Flur. »Alles klar«, verkündete er.

Tobias warf Marco einen fragenden Blick zu.

»Tom«, sagte Marco. »Er ist einer von ihnen.«

»Bring mich nicht dazu, dir wehzutun«, warnte ich ihn wütend. »Er ist kein Controller.«

»Wir sollten auf alle Fälle vorsichtig sein«, sagte Tobias. Er redete mit gedämpfter Stimme weiter. »Das Kandrona ist ein Gerät, welches Kandronateilchen produziert. Ihr müsst euch das wie eine tragbare Miniversion der Heimatsonne der Yirks vorstellen. Die Yirks brauchen Kandronastrahlen zum Leben, so wie ein Mensch Vitamine oder was auch immer braucht. Die Kandronastrahlen werden von dort ausgesandt, wo sich das Kandrona gerade befindet, und anschließend im Yirkpool gebündelt. Alle drei Tage muss jeder Yirk seinen Wirt verlassen und in den Pool tauchen. Sie saugen die Partikel auf und dringen dann erneut in den Wirtskörper ein.«

»Was hat das damit zu tun, dass du hier herumfliegst und Superman spielst?«, fragte ich.

»Na ja, das hört sich jetzt blöd an, aber ich dachte, ich könnte vielleicht den Yirkpool entdecken.« Er lächelte verschämt. »Ich sah 'ne Menge Schwimmbecken und einige Gartenteiche. Von da oben erkennst du, dass überall Teiche und Seen und Flüsse sind. Aber was Besonderes ist mir nicht aufgefallen.«

»Und was, wenn du so einen Yirkpool gefunden hättest? Was dann?«, fragte Marco.

»Dann würden wir ihn in die Luft sprengen«, erwiderte Tobias.

»Falsch!«, sagte Marco. »Wir haben entschieden, uns da rauszuhalten.«

»Nein, wir haben entschieden, dass wir uns mit unserer Entscheidung noch Zeit lassen wollen«, sagte ich.

»Na ja, ich jedenfalls hab mich entschieden«, sagte Tobias.

»Plötzlich ist diese Memme ein Held«, motzte Marco.

Diesmal wurde Tobias nicht rot. »Vielleicht hab ich einfach was gefunden, wofür es sich zu kämpfen lohnt, Marco.«

»Du kämpfst ja nicht mal für dich selbst«, entgegnete Marco.

»Das war vorher«, sagte Tobias leise. »Vor dem Andaliten. Bevor er bei dem Versuch, uns zu retten, sein Leben ließ. Ich kann das nicht vergessen. Ich will nicht, dass er umsonst gestorben ist. Also, was immer ihr auch beschließt, Jungs, ich werde kämpfen.«

KAPITEL 13

»Wir finden den Yirkpool«, sagte Tobias. »Und dann jagen wir ihn in die Luft und töten jede einzelne dieser verdammten Schnecken.«

Ich war darauf gefasst, dass Marco jetzt losschreien würde.

Aber Marco ist ganz schön raffiniert. Ihm war klar, dass Tobias' Worte bei mir was bewirkt hatten. Deshalb lächelte er nur, allerdings etwas listig.

»Erinnerst du dich an den Cop von heute, der unbedingt herausfinden will, wer sich auf der Baustelle rumgetrieben hat? Diesen Polizisten, der wahrscheinlich ein Controller ist?«

»Was ist mit ihm?«, fragte ich.

»Na, überleg doch mal. Er lädt dich in den Freundschaftsklub ein. Dann kommt jetzt Tom daher. Und plötzlich ist er sehr daran interessiert zu erfahren, was auf der Baustelle passiert ist. Und stell dir vor: Auch Tom lädt dich in den Freundschaftsklub ein.«

Tobias nickte zustimmend. »Vielleicht ist dieser Freundschaftsklub ja eine Organisation für Controller.«

Marco grinste noch immer. Er ist mein bester Freund und alles, aber manchmal macht er mich echt wahnsinnig.

»Wir sind ziemlich sicher, dass der Cop ein Controller ist. Und mir ist egal, was du sagst, Jake – für mich ist Tom auch einer. Also, so sieht's aus. Du willst bei diesem Kampf gegen die Yirks mitmischen?«, fragte mich Marco. »Na schön. Wollen mal sehen, wie weit deine Entschlossenheit reicht, wenn sich rausstellt, dass es dein eigener Bruder ist, den du vernichten musst.«

Das saß.

»Dies ist nun mal kein Videospiel, richtig?«, stellte Marco fest. »Sondern die Wirklichkeit. Du weißt nichts über das wirkliche Leben, Jake. Du hast nie was echt Übles erlebt. Du hast diese perfekte Familie. So eine, wie ich sie früher auch hatte.«

Seine Stimme klang etwas zittrig. Er redete nie über den Tod seiner Mutter.

Er war zweifellos im Recht. Ich hatte echt keine Ahnung von der Wirklichkeit. Nicht von jener Wirklichkeit zumindest, wie sie bei Marco zugeschlagen hatte – und bei Tobias.

»Vielleicht lassen wir deshalb einfach die Finger von der Sache«, fuhr Marco fort. »Lassen wir doch jemand anderen diesen Kampf ausfechten. Tut mir leid wegen des Andaliten, aber ich habe genug Tod in meiner eigenen Familie erlebt.«

»Nein«, hörte ich mich zu meiner Verwunderung sagen. »Der Andalit gab uns die Morphingkräfte aus einem Grund. Und zwar nicht bloß, weil's Spaß macht, ein Hund, ein Pferd oder ein Vogel zu sein. Er hoffte, dass wir kämpfen würden.«

»Dann ist unter Umständen Tom der Feind«, sagte Marco. »Vielleicht ist es dein eigener Bruder, den du am Ende ausschalten musst.«

»Ja«, sagte ich. Es schnürte mir die Kehle zu. »Vielleicht wird das passieren. Vielleicht auch nicht. Der erste Schritt aber ist der, mehr herauszufinden. Zumindest das sollten wir versuchen. Und ich denke, dass wir dazu mal diese Treffen im Freundschaftsklub abchecken sollten. Heute Nacht. Ich rufe die anderen an. Wenn jemand mitkommt – in Ordnung. Wenn du dich raushalten willst, Marco, auch in Ordnung.«

Marco zögerte und sah Tobias grimmig an. Doch dann sagte er: »Okay, ist ja bloß eine Versammlung, richtig? Wir schauen uns das nur mal an. Ich bin dabei.«

Ich rief die anderen an. Rachel war gleich einverstanden. Cassie wollte sich die Sache erst noch überlegen, sagte dann aber ebenfalls zu.

Ich erzählte Tom, dass wir gern das Treffen besuchen würden. Ich zusammen mit Marco, Rachel und Cassie. Wir hatten bereits abgemacht, dass auch Tobias dabei sein würde. Nur auf andere Weise.

»Heute Abend ist eine tolle Gelegenheit, mal zu einem unserer Treffen zu kommen«, sagte Tom begeistert. »Wir machen ein Lagerfeuer am Strand. Weißt du, wir sind gut drauf, machen Spiele und so. Wir spielen Nachtvolleyball, und das ist deshalb so lustig, weil man die Hälfte der Zeit den Ball überhaupt nicht sieht. Echt super. Die beste Gruppe überhaupt. Es wird dir gefallen.«

Wenn man ihn so reden hörte, schien es gewiss nicht so, als bestünde da irgendein Zusammenhang zwischen dem Freundschaftsklub und den Yirks. Man konnte sich Visser Drei oder eine Horde Taxxons nur schwer beim Volleyballspiel vorstellen.

Mir kam der Gedanke, dass wir vielleicht alle bloß nicht ganz richtig tickten. Vermutlich handelte es sich beim Freundschaftsklub um einen neuartigen Pfadfinderverein für jedermann oder so was in der Art.

Bis zum Strand war es nicht so weit. Deshalb beschlossen wir, nicht mit Tom hinzufahren, sondern zu Fuß zu gehen. Tobias begleitete uns ein Stück weit, aber als das Ufer in Sicht kam, verschwand er hinter einer dunklen Düne. Ein paar Minuten später sahen wir, wie sich ein Bussard in die Lüfte erhob. Nachts gibt es nicht viel Thermik, daher musste er ganz schön ackern, um an Höhe zu gewinnen. Dann aber fand er wohl einen einigermaßen starken Aufwind, denn er schwebte auf und davon, bis wir ihn aus den Augen verloren.

»Das muss ich auch mal ausprobieren«, sagte Cassie. »Es sieht wundervoll aus.«

»Ja«, sagte ich verträumt. Vor uns loderte hell das Lagerfeuer auf dem nachtschwarzen Strand. Ringsherum spielten, plauderten und aßen die Menschen. Kinder aus der Schule. Erwachsene. Leute, die mir fremd waren. Und andere, die ich kannte.

Waren das alles Controller?, fragte ich mich. Wie sollte ich das je herausfinden? Und war mein Bruder einer von denen?

Nachdem wir so etwa eine Stunde lang am Strand abgehangen hatten, war ich mir sicher, dass ich verrückt sein musste. Diese Typen konnten unmöglich Außerirdische sein. Wir spielten eine Runde Volleyball, ich war mit Tom in einer Mannschaft. Wir aßen Spareribs, die sie mitgebracht hatten. Es war genauso schön wie früher.

Der Sand war noch warm. Ich fröstelte in der kühlen Nachtluft, doch in der Nähe des Feuers war es angenehm.

»Siehst du jetzt, warum's mir hier gefällt?«, fragte mich Tom.

»Echt cool«, sagte ich. Ich betrachtete all die Leute um mich herum, wie sie sich amüsierten. »Hätte nicht gedacht, dass man hier so viel Spaß haben kann.«

»Und das ist noch nicht *alles*«, sagte Tom. »Ich meine, es

geht um mehr als nur Spaß. Der Freundschaftsklub kann eine Menge für dich tun. Sobald du Vollmitglied bist.«

»Wie wird man Vollmitglied?«, fragte ich.

Er lächelte geheimnisvoll. »Oh, das kommt später. Erst wirst du Mitglied auf Probe. Später werden die Anführer entscheiden, ob sie dich als Vollmitglied aufnehmen wollen. Sobald du Vollmitglied bist ... ändert sich die ganze Welt.«

In diesem Augenblick geschah etwas Unheimliches. Ich sah Tom an, und er lächelte zurück. Doch dann zuckte es irgendwie in seinem Gesicht. Sein Kopf begann zu einer Seite zu rucken, als versuchte er den Kopf zu schütteln; es gelang ihm bloß nicht ganz. Nur für den Bruchteil einer Sekunde erkannte ich einen besonderen Ausdruck in seinen Augen – irgendwie ängstlich oder so. Er schaute mich direkt an und es war, als sähe mich aus seinen Augen eine fremde, verängstigte Person an.

Dann war er wieder normal. Oder was scheinbar normal war.

»Ich muss mal kurz weg«, sagte er. »Die Vollmitglieder haben ein eigenes Meeting. Bleibt ruhig hier und amüsiert euch gut. Nehmt doch noch vom Grillfleisch. Ist doch toll, nicht?«

Damit ging er in die Nacht hinaus.

Ich fühlte mich, als hätte ich Stacheldraht verschluckt.

Marco und Cassie kamen herüber. Sie hatten bis jetzt mit anderen in der Brandung Frisbee gespielt. Marco lachte.

»Okay«, sagte er, »ich geb's zu. Hab mich geirrt. Das sind ganz normale Leute, die ihren Spaß haben. Und Tom ist kein Controller.«

Ich war unschlüssig, ob ich lachen oder weinen sollte. Marco täuschte sich.

Ich wusste, was ich in Toms Augen gesehen hatte – er versuchte mich zu warnen. Irgendwie hatte er es geschafft, nur für eine Sekunde die Kontrolle über sein Gesicht zu erlangen, bevor ihn der Yirk in seinem Kopf überwältigte.

Tom – der echte Tom, nicht diese Yirkschnecke in seinem Gehirn – hatte versucht, mich zu warnen.

KAPITEL 14

»Sie gehen alle zu ihrem eigenen Meeting«, sagte ich. »Alle *Vollmitglieder.* Ich wüsste schon ganz gern, was bei dieser Versammlung abgeht.« Ich bemühte mich, normal zu klingen, doch es drehte mir fast den Magen um.

»Ich hab Leute in diese Richtung laufen sehen«, sagte Rachel, mit dem Zeigefinger deutend.

»Schauen wir mal, ob wir näher rankommen können«, sagte ich.

»Was soll denn das jetzt?«, fragte Marco. »Ich dachte, wir hätten gerade erlebt, dass hier alles normal abläuft.«

Cassie antwortete für die anderen. »Gar nichts ist hier normal«, sagte sie. »Spürst du's nicht?« Sie zitterte. »All die so genannten *Vollmitglieder*, sie sind ja alle so umwerfend nett. So unglaublich hilfsbereit. So vollkommen normal, dass es schon wieder unnormal ist. Und die ganze Zeit über verfolgen dich ihre Augen, beobachten dich. Fixieren dich wie ... wie ein hungriger Hund, der einen Fleischknochen betrachtet.«

»Schaurig«, ergänzte Rachel. »Wie ein Haufen Berufsoptimisten, die Werbung für Zahnpasta machen.«

»Stimmt, die sind alle einfach 'nen Tick zu glücklich.« Auch Marco war jetzt skeptisch geworden. »Ständig erzählen mir die Leute, wie sich all ihre Probleme in Luft auflösten, seit sie Vollmitglieder im Freundschaftsklub geworden sind. Es ist wie eine Art Sekte oder so was.«

»Ich werde mich in diese geheime Zusammenkunft einschleichen«, entschied ich. Ich musste Bescheid wissen, mir absolute Gewissheit verschaffen. »Kommt, wir gehen vom Feuer weg. Da rüber, hinter die Rettungsstation.«

»Wie willst du in das Meeting reinkommen?«, fragte Marco.

»Einen streunenden Hund, der am Strand herumläuft, werden sie kaum beachten«, erwiderte ich.

»Einen streu ... oh«, sagte Marco.

»Gute Idee«, meinte Cassie. »Ich würd's auch tun, aber ich kann mich nur in ein Pferd morphen. Und ein Pferd würden sie bemerken.«

Ich prüfte, ob uns niemand sehen konnte. Dann hob ich meine Hände über den Kopf und winkte. Einige Sekunden später kam Tobias lautlos aus dem sternklaren Nachthimmel herabgeschwebt und landete auf dem Dach der Rettungsstation.

<Was gibt's?>

»Die Vollmitglieder sind zu irgendeinem privaten Treffen gegangen«, erklärte ich. »Weißt du, wo sie sind?«

<Natürlich. Mit diesen Augen kann ich die Mäuse durchs Dünengras huschen sehen. Schöne, fette Leckerchen.>

»Tobias! Krieg dich wieder ein. Fang nicht an, Mäuse zu knabbern, bloß weil du in einem Raubvogelkörper steckst. Was kommt als Nächstes? Totgefahrene Tiere?«

Er sagte kein Wort. Vielleicht hatte ihn meine Vorstellung, er könne Aas von der Straße fressen, beleidigt. Oder schlimmer noch: Vielleicht war er *nicht* beleidigt.

»Also, wo halten sich die Vollmitglieder auf?«, fragte ich ihn.

<Etwa hundert Meter strandabwärts. Dort befindet sich in

den Dünen eine kleine, schüsselförmige Mulde im Gelände. Ringsherum sind allerdings Leute postiert, wie Wachen.>

Ich nickte. »Gute Arbeit. Tobias, du bist jetzt schon länger als eine Stunde in diesem Körper. Du musst dich zurückmorphen.«

<Nö, ich will noch ein bisschen von oben Ausschau halten>, sagte er.

»Nein, Tobias«, sagte ich barsch. »Du musst dich zurückmorphen. Dein Job ist jetzt erledigt.«

<Ähm, da gibt's ein kleines Problem ... ich habe, genau gesagt, nichts an.>

»Marco hat deine Kleider in einer Tasche. Rachel und Cassie werden sich solange umdrehen.«

Cassie grinste. »Ich werde euch Jungs wohl mal beibringen müssen, wie man mitsamt den Klamotten morpht.«

Trotzdem zögerte Tobias. <Ich hasse diese Rückverwandlung. Das ist wie die Rückkehr in ein Gefängnis oder so. Ich hasse es, ohne Flügel zu sein.>

»Tobias, du kannst später immer wieder in deine Bussardgestalt zurückkehren«, beruhigte ihn Rachel. »Und jetzt los, ihr beiden. Ich schau auch weg, damit euer zartes, knabenhaftes Schamgefühl nicht verletzt wird.«

Ich atmete tief durch. Schließlich morphte ich erst zum zweiten Mal. Es erschien mir noch immer absolut lächerlich, auch nur daran zu denken, ein Hund zu werden. Aber als ich mich konzentrierte, konnte ich spüren, wie das Jucken begann, und ich fühlte dieses Kribbeln, als Homers DNS mittels der Technologie des Andaliten meine Verwandlung einleitete.

Gleichzeitig konnte ich sehen, wie aus Tobias' Flügelspitzen Finger wuchsen.

»Verlier nicht den Kontakt zu deiner menschlichen Seite«, warnte mich Cassie. »Wir können es nicht brauchen, wenn du da draußen Katzen oder sonst was jagst. Du musst dich voll darauf konzentrieren, nicht die Kontrolle zu verlieren.«

Eigentlich wollte ich »Ja, ich weiß« sagen, aber heraus kam bloß ein »Rrwau, rrwaurr, rwaff!« Ich war bereits zu verwandelt, um noch wie ein normaler Mensch zu sprechen.

Stattdessen dachte ich meine Antwort. <Ja, ich weiß, Cassie. Mach dir keine Sorgen.>

»Aber ich *mache* mir Sorgen«, erwiderte sie sanft.

Ich stupste ihre Hand mit meiner kalten Schnauze, und sie tätschelte meinen Kopf. Dann lief ich über den Sand davon.

Cassie hatte recht gehabt mit ihrer Warnung. Die Dünen, die Brandung, das leise Piepsen der Seevögel in ihren verborgenen Nestern – all dies war so perfekt geeignet, meinen Hundeverstand abzulenken.

Ich hörte etwas im Seegras atmen. Plötzlich erhob es sich und stob davon! Ehe ich mich's versah, jagte ich hinterher. Ich rannte und hetzte. Vielleicht war es ja ein Backenhörnchen oder irgendwas. Ich würde es nie mit Sicherheit wissen, denn es fand ein Loch und schlüpfte geschwind hinein.

Eine Weile lang buddelte ich wie irre im Sand, bis mein Menschenhirn erkannte: Menschenskind, Jake, das sollst du doch nicht tun. Hör auf damit!

Ich zwang mich, in Richtung des Meetings zu gehen. Das Gemurmel von Stimmen drang zu mir herüber. Ich kroch näher heran, merkte aber, dass dies dumm war. Hunde kriechen nicht durch die Gegend. Sie laufen einfach oder rennen. Wenn ich mich wie ein *Hundespion* aufführte, würde das die Aufmerksamkeit der Leute erregen.

Also tappelte ich los wie irgendein Hund, der einen Abendspaziergang am Strand unternimmt. Meine Zunge hing mir aus dem Maul. Gelegentlich wedelte mein Schweif. Ich musste nur Acht geben, dass mich Tom nicht zu deutlich sah. Schließlich sah ich genauso aus wie Homer.

Im Grunde *war* ich Homer.

Ich näherte mich der Sandmulde. Ringsherum waren hohe Dünen. Etwa zwanzig bis dreißig Personen standen dort unten zusammen. Leider konnte ich sie mit meinen schlechten Hundeaugen in der Dunkelheit nicht sehr gut erkennen.

Aber ich konnte sie hören. Und zwar erstaunlich gut. Geräusche, die ich mit meinem menschlichen Gehör wohl kaum registriert hätte, dröhnten so laut wie ein volles Rohr aufgedrehter Ghettoblaster.

Und ich konnte riechen. Riechen ist schon eine komische Sache. Als Mensch beschäftigt man sich ja gar nicht richtig damit. Doch als ich mich entspannte und meine Hundefähigkeiten sich entfalten ließ, übernahm der Geruchssinn die Funktion der Augen. Zwar anders, aber für manche Dinge ebenso geeignet.

Ich hörte Toms Stimme. Und ich witterte den Hauch einer Mischung von Gerüchen, die mir verriet, dass er nicht weit weg sein konnte.

Da war ein Wachposten, doch er blickte nur ausdruckslos zu

mir herab und sah dann weg. Niemand interessiert sich für einen streunenden Hund.

Allmählich erkannte ich, warum uns der Andalit die Fähigkeit zu morphen geschenkt hatte. Als Tier kann man Dinge tun, die einem Menschen für immer verschlossen bleiben werden.

Die Mitglieder schienen alle auf die Ankunft von jemandem zu warten. Ich hörte, wie Tom sagte: »Er müsste bald hier sein. Moment, da kommt er ja.«

Gemurmel brandete auf. Schritte näherten sich. Ich drückte mich noch dichter heran, blieb jedoch außerhalb des Lichtscheins.

»Ruhe, alle miteinander. Es gibt Probleme«, sagte die Stimme.

Die Stimme! Ich kannte diese Stimme. Es war dieselbe Stimme, die ich schon auf dem Baugrundstück gehört hatte: *Gib acht auf den Kopf. Bring ihn mir, damit wir ihn identifizieren können.*

Ich schlich noch etwas näher heran. Ich musste schon schwer hinschauen, um ihn mit meinen Hundeaugen zu erkennen. Doch dann, als er sich einmal ganz umdrehte, sah ich ihn. Es war jemand, den ich kannte. Jemand, den ich jeden Tag in der Schule sah.

Es war niemand anderes als unser stellvertretender Schulleiter, Mister Chapman.

Mein Vizedirex war ein Controller.

»Punkt eins. Wir haben noch immer nicht die Bälger, die sich auf der Baustelle rumgetrieben haben«, sagte Chapman. Seine Stimme klang barsch. »Ich will, dass sie gefunden werden. Visser Drei will, dass sie gefunden werden. Hat jemand irgendwelche Hinweise?«

Einen Moment lang sprach niemand. Dann hörte ich eine zweite vertraute Stimme.

»Es hätte jeder sein können«, sagte Tom. »Aber es könnte auch mein Bruder Jake gewesen sein. Ich weiß, dass er manchmal über die Baustelle läuft. Deshalb habe ich ihn heute Abend mit hierhergebracht. Wir können ihn also entweder für unsere Sache gewinnen ... oder ihn beseitigen.«

KAPITEL 15

Ihn entweder für unsere Sache gewinnen ... oder ihn beseitigen.

Ich fühlte mich, als hätte ich einen Tritt bekommen.

Ich sagte mir, dass Tom ein Human-Controller war. Irgendeine schmierige, schleimige Nacktschnecke von einem fremden Planeten saß in seinem Gehirn und kontrollierte ihn. Wenn Tom mit mir sprach, war es gar nicht Tom, jedenfalls nicht wirklich. Es war ein Yirk.

Mein Bruder ... einer von *ihnen*. Chapman ... einer von *ihnen*.

Sie waren überall. Überall! Wie sollten wir sie aufhalten? Wie hatten wir nur annehmen können, das zu schaffen? Wenn sie mir den eigenen Bruder wegnehmen, wenn sie Tom übernehmen konnten, wie sollte *ich* sie dann aufhalten können? Es war verrückt. Marco hatte recht.

Wäre ich in diesem Augenblick ganz Mensch gewesen, so hätte mich wohl die schiere Verzweiflung übermannt. Aber Hunde wissen nichts von Verzweiflung. Und so war es auch Homers schlichter, glücklicher, hoffnungsfroher Verstand, der mich rettete. Eine Zeit lang ließ ich mich einfach treiben und zog mich in mein Hundebewusstsein zurück. Ich wollte nicht denken, wollte kein Mensch sein. Eine Weile lang lief ich nur so durch die Dünen und schnupperte herum.

Aber ich wusste, dass ich eine Aufgabe zu erledigen hatte. Nach einiger Zeit kehrte ich dem schlichten Hundeglück den Rücken und zwang mich in die schmerzhafte Wirklichkeit zurück.

Ich wartete und lauschte noch ein bisschen der Versammlung. Aber ich war noch immer so aufgewühlt, dass ich vieles von dem, was gesprochen wurde, nicht richtig mitbekam. Immer wieder dröhnte es in meinem Kopf – *ihn für unsere Sache gewinnen ... oder ihn beseitigen.*

Noch eine Sache blieb mir im Gedächtnis hängen: dass Tom mit irgendeinem der anderen Typen – einem anderen *Controller* – über den Plan redete, den Yirkpool zu besuchen. Er sei neulich erst dort gewesen und fühle sich gut, sagte er. Montagnacht werde er wieder dorthin gehen.

Das war die Schnecke in seinem Kopf, die da sprach. Der Yirk, der Tom kontrollierte, musste zum Yirkpool zurückkehren.

Dann hörte ich noch eine Stimme. Cassie!

Rasch schlich ich hinten um eine Düne herum, um näher ranzukommen. Aber ich konnte sie deutlich hören: Cassies Stimme und noch eine andere, die ich nicht auf Anhieb erkannte.

Es war der Polizist. Derselbe pflichtbewusste Polizist.

»He, was machst du hier draußen?«, fragte er Cassie.

»Ich hab bloß nach Muscheln gesucht«, antwortete Cassie.

»Das hier ist nur für Vollmitglieder«, sagte der Polizist mürrisch. »Geschlossene Gesellschaft, verstehst du?«

»Ja, Sir«, sagte Cassie demütig.

Ich suchte mir eine Stelle, von wo aus ich sie sehen konnte, obwohl ich sagen muss, dass das Sehvermögen von Hunden nicht eben berauschend ist. Alles erscheint wie in einem alten Fernseher mit schlechten Farben und ganz verschwommen.

Der Polizist schien Cassie unverwandt anzustarren. Sie versuchte tapfer zu sein, aber ich konnte ihre Angst wittern.

»In Ordnung, verschwinde hier«, befahl der Polizist schließlich. »Aber ich behalte dich im Auge. Geh zu den anderen zurück.«

Cassie machte kehrt und lief, so schnell sie konnte, fort. Ich holte sie ein. Es muss sie wohl erschreckt haben, einen Hund so plötzlich aus dem Nichts hervorspringen zu sehen, denn sie hüpfte zur Seite.

»Oh, du bist es«, sagte sie.

<Ja. Das war knapp. Was hast du hier gemacht?>

Sie zuckte mit den Schultern. »Wollte nur schauen, ob du okay bist.«

<Das war nicht ungefährlich>, erklärte ich.

Wir kamen zu der Stelle, wo Rachel, Marco und Tobias warteten. Ich wollte gar nicht in meinen menschlichen Körper zurückmorphen. Es war mir klar, dass ich mich bloß wieder gehen zu lassen brauchte, und in wenigen Minuten würde mein Hundehirn vergessen, warum mein Menschenhirn traurig war. Wenn doch nur jemand einen Stock in die Brandung werfen würde, dem ich nachjagen könnte! Am Wasser wäre ich glücklich. Das Jagen würde mir Spaß machen.

Jetzt wusste ich, warum sich Tobias so dagegen sträubte, seinen Greifvogelkörper wieder zu verlassen. Ein Tier zu sein bot eine prima Rückzugsmöglichkeit von all deinen Problemen.

Ich begann mich in meinen eigenen Körper zurückzumorphen. Cassie und Rachel drehten sich um und sahen aufs Meer hinaus.

Als ich wieder ganz ich selbst war, sagte ich: »Marco, du hattest recht. Tom ist ein Controller.«

Darüber schien Marco aber keineswegs erfreut.

Ich erzählte ihnen, was Tom zu Chapman gesagt hatte – dass er mich zu dem Meeting mitgenommen hatte, um mich entweder zu gebrauchen oder aber zu töten.

»Moment mal. Chapman ist auch einer von denen?«, fragte Rachel. »Unser Chapman? Mister Chapman, der stellvertretende Schulleiter?«

»Ich vermute, er ist so was wie ein Anführer«, sagte ich. »Er war das neulich nachts auf der Baustelle. Er war es auch, der dem Hork-Bajir befahl, nur den Kopf aufzuheben.«

»Das ist typisch Chapman«, sagte Marco.

»Ich schlage vor, schleunigst von hier zu verschwinden«, sagte Tobias.

»Nein, ist schon okay«, sagte ich. »Chapman sagte Tom, dass bei den Treffen des Freundschaftsklubs niemand umgebracht werden dürfe. Sie wünschen keinerlei verdächtige Aktivitäten. Er sagte auch, sie könnten nicht einfach herumlaufen und jedes Kind töten, das *möglicherweise* auf der Baustelle war. Sie bräuchten Gewissheit.«

»Wie anständig von ihnen«, sagte Rachel trocken.

»Nicht wirklich. Chapman sagte vorhin, sie müssten es noch für kurze Zeit vermeiden, Aufmerksamkeit zu erregen. Die Leute würden definitiv davon Notiz nehmen, wenn plötzlich ein Haufen Kids tot wären. Er sagte, sie sollten einfach abwarten – Kinder könnten nicht lange schweigen, wenn sie Außerirdische gesehen haben. Sobald die Kinder redeten, würden die Controller sie finden und beseitigen.«

»Bloß dass wir über das Gesehene nicht reden werden«, sagte Rachel.

»Korrekt«, pflichtete Marco ihr bei. »Wir sagen kein Sterbenswörtchen. Wir vergessen alles, was wir gesehen haben, und leben einfach unser normales Leben weiter.«

»Und lassen Tom in seinem jetzigen Zustand?«, fragte ich. »Ausgeschlossen. Unter keinen Umständen. Er ist mein Bruder. Ich werde ihn retten.«

»Und wie willst du das anstellen?«, fragte Marco und fuhr sarkastisch fort: »Die Sache sieht doch so aus: Da trittst du allein gegen Chapman, die Cops, eine Armee von Hork-Bajirs und Taxxons und vor allem diesen widerlichen Visser Drei an. Und um gegen sie zu kämpfen, brauchst du dich nur in einen Hund zu verwandeln und sie in die Waden zu beißen. Das ist so, als würde man im abgefahrensten Computerspiel aller Zeiten feststecken.«

Ich grinste. Oder zeigte zumindest die Zähne. »Ja, stimmt irgendwie. Aber ich bin beim solchen Games ziemlich fit.«

»Und er wird das Spiel nicht allein spielen«, sagte Rachel. »Ich bin mit von der Partie.«

»Ich auch«, sagte Tobias.

»Und ich«, meldete sich Cassie.

»Na bravo«, sagte Marco. »Vor mir stehen plötzlich die Fantastic Four. Das hier ist aber kein Comicbuch. Das hier ist die Wirklichkeit.«

Durch die Dünen näherten sich Leute. Die Versammlung der Vollmitglieder hatte sich aufgelöst.

»Alle mal herhören«, sagte ich. »Wir lassen es jetzt alles mal so, wie es ist, jedenfalls vorläufig.«

Ich sagte das, um Marco erst einmal zu besänftigen. Ich hatte nicht die Absicht, diese Geschichte auf sich beruhen zu lassen.

Ich zog Cassie beiseite. »Hör mal, Cassie, ich brauche ein Tier zum Morphen, in dessen Gestalt ich Chapman beobachten kann, ohne gesehen zu werden. Was habt ihr auf der Farm?«

Einen Augenblick lang blieb Cassie still. »Lass mich mal nachdenken. Wir haben natürlich eine Menge verletzter Vögel. Wir haben den Wolf mit dem gebrochenen Bein. Und dann noch die einäugige Wildkatze.«

Ich wartete, während sie die Liste aller Patienten in der Tierklinik durchging.

Plötzlich schnippte Cassie mit den Fingern. »Ich frage mich ... Wie groß, meinst du, muss ein Tier, in das wir uns morphen können, mindestens sein?«

Ich zuckte mit den Schultern. »Keine Ahnung.«

»Vielleicht hab ich da was für dich«, sagte sie. »Kein echter Patient, nur so eine Art Hausgast. Es ist klein und kann an Wänden hochkrabbeln. Es ist flink, wenn du fliehen musst. Und ich denke, es kann ganz passabel hören und sehen.«

Also fand ich mich später in jener Nacht in Cassies Scheune wieder, wo ich unter Käfigen voller verletzter Bussarde und zwischen einem Paar nervöser Hirsche auf Echsensuche herumkroch.

KAPITEL 16

Am Montagmorgen war es dann so weit: In meinem Schulspind verwandelte ich mich in eine Echse.

In einen Rotkehlanolis, falls ihr es genau wissen wollt. Er gehört zur Familie der Leguane.

Ich wartete, bis die Glocke zur ersten Stunde läutete; auf dem Stundenplan stand eigentlich Englisch. Als der Gang menschenleer war, stieg ich einfach in meinen Spind. Dabei versuchte ich lässig zu wirken, nur für den Fall, dass mich jemand beobachtete.

Der Spind war etwa fünf Zentimeter kleiner als ich, deshalb musste ich mich zusammenkauern. Und da drin war es so eng, dass ich mich nicht rühren konnte. Das einzige Licht schien durch die drei kleinen Lüftungsschlitze herein. In der drangvollen, dunklen Enge konnte ich meinen Herzschlag hören. Ich hatte Angst.

Sich in einen Hund zu verwandeln, war eine Sache. Ich meine, es ist unheimlich, seltsam, fremdartig, aber irgendwie ist es auch cool. Hunde sind coole Tiere. Aber Echsen?

»Ich hätte üben sollen«, murmelte ich in mich hinein. »Wie Cassie sagte, ich hätte wirklich vorher üben sollen.«

Dann begann ich mich auf das Morphen zu konzentrieren. Ich dachte daran, wie wir die Echse vorgestern Nacht gefangen hatten. Wir hatten sie mit einer Taschenlampe aufgestöbert, und Cassie hatte einen Eimer darüber gestülpt, damit sie nicht entkommen konnte.

Es war schon gruselig gewesen, die Echse auch nur zu berühren, um ihren DNS-Bauplan zu übernehmen. Jetzt war ich im Begriff, ein Reptil zu *werden*.

Als Erstes fiel mir auf, dass ich plötzlich mehr Platz in meinem Spind hatte. Ich musste mich nicht länger zusammenkauern. Und meine Schultern waren nicht mehr eingezwängt.

Mit einer Hand berührte ich mein Gesicht. Meine Haut war lockerer als sonst. Und sie fühlte sich rau an.

Ich fuhr mir mit der Hand über den Kopf. Meine Haare waren fast völlig verschwunden.

Dann ging alles sehr schnell. Um mich herum wurde der Spind immer größer. Bald war er so groß wie eine Scheune. So groß wie ein Stadion!

Es war fast wie ein Sturz. Als ob ich von einem Wolkenkratzer fiel und zu einem endlosen Flug in den Abgrund ansetzte.

Ich stand auf etwas Klebrigem, groß wie ein Felsbrocken. Wie war ein Felsbrocken in meinen Spind gelangt? Doch dann merkte ich – es war ein Kaugummi! Ein alter Kaugummi, der am Boden meines Spinds klebte.

Riesenhafte Vorhänge, groß wie die Segel eines Segelschiffes, wallten rings um mich her. Es waren meine Kleider. Im Dämmerlicht sah ich links und rechts von mir zwei monströse, unförmige Gebilde. Mit Mühe erkannte ich den Nike-Schriftzug und begriff, dass dies meine Schuhe waren. Sie waren so groß wie Häuser.

Dann meldete sich schlagartig das Echsengehirn.

Angst! Gefangen! Lauf! Lauf! Lauflauflauf!

Wie der Blitz schoss ich herum. Eine Wand! Ich krabbelte empor und fühlte, wie meine Füße daran hafteten. *Gefangen!*

Ich sprang zurück. Wieder eine harte Oberfläche. *Gefangen! Lauflauflauflauf!*

Ich kämpfte, um mich unter Kontrolle zu bringen, aber das Echsengehirn war in Panik. Es wusste nicht, wo es war. Es wollte raus. *RAUS!*

Geh auf das Licht zu!, befahl ich meinem neuen Körper. Die Lüftungsschlitze. Das war der Weg ins Freie.

Doch der Körper fürchtete sich vor dem Licht. Er war verängstigt.

Noch immer sprang ich zwischen den Wänden herum. Es gelang mir nicht, die Panikinstinkte des Echsenkörpers in den Griff zu bekommen.

Geh zum Licht hin!, schrie ich in Gedanken. Und dann hatte ich es plötzlich gefunden. Ich steckte meinen Kopf heraus, und mein Körper kam hinterhergeschlittert. Ich ließ meine Zunge hervorschnellen und verschaffte mir so erste vage Eindrücke. Es war wie Riechen, nur eben nicht ganz. Ich züngelte weiter. Ich konnte sehen, wie meine Zunge aus meinem Mund herausschoss und die Luft aufleckte.

Im grellen Licht erkannte ich, wie schlecht die Echsenaugen waren. Was ich sah, ergab für mich keinen Sinn. Alles um mich herum wirkte zerrissen und verbogen. Unten war oben und oben war unten. Farben entsprachen nicht mal annähernd der Wirklichkeit, wie sie vom Menschen gesehen wird.

Ich versuchte nachzudenken. Los, Jake. Du hast jetzt deine Augen seitlich am Kopf. Sie fokussieren nicht gemeinsam. Sie sehen unterschiedliche Dinge. Finde dich damit ab.

Mit diesem Wissen bemühte ich mich, einen Sinn in die

Bilder zu bekommen, doch sie blieben trotzdem chaotisch. Es schien, als würde ich ewig brauchen, um sie zu ordnen. Ein Auge blickte nach links, das andere nach rechts den Gang hinab. Ich hing kopfüber und krallte mich an die Spindwand, die mir wie ein endlos langes, graues Feld vorkam.

Und die ganze Zeit über kämpfte das Gehirn des Rotkehlanolis gegen mich an. Jetzt, wo er aus dem dunklen Spind heraus war, wollte er verzweifelt wieder dorthin zurück.

Chapmans Büro, erinnerte ich mich. Aber wo war es? Links. Hier entlang.

Plötzlich war ich auf und davon. Gerade die Wand hinunter. Wusch! Um ein zerknülltes Papier herum, das zweimal so groß war wie ich. Der Boden flog vorüber. Es war, als hätte man mich auf ein verrücktes, außer Kontrolle geratenes Geschoss geschnallt.

Da registrierte mein Echsenhirn die Spinne. Es war eine komische Geschichte, als wäre ich mir nicht sicher, ob ich die Spinne gesehen, gehört, gerochen oder auf meiner flinken Echsenzunge geschmeckt hatte, oder ob ich einfach plötzlich *wusste*, dass sie da war.

Ich flitzte hinter ihr her, rannte mit einer Million Kilometer pro Stunde, bevor ich auch nur daran denken konnte, stehenzubleiben. Meine Beine verschwammen, so rasch wirbelten sie.

Wahrscheinlich war es keine sehr große Spinne. Nicht, wenn man ein großes, menschliches Wesen war. Aber in meinen Echsenaugen hatte sie die Größe eines Kleinkinds. Sie war riesig. Ich konnte ihre Facettenaugen sehen, die einzelnen Gelenke ihrer acht Beine, ihre klickenden, Furcht erregenden Kieferzangen.

Die Spinne rannte los. Ich hinterher. Und ich war schneller.

Neeeeeeeeiiiin!, schrie ich in Gedanken. Doch es war zu spät. Mein Kopf schnellte nach vorn, so flink wie eine Schlange beim tödlichen Biss. Mein Kiefer schnappte zu. Und plötzlich war die Spinne in meinem Mund.

Ich konnte spüren, wie sie sich wehrte. Ich konnte fühlen, wie sie zappelte und sich aus meinem Mund zu befreien versuchte.

Ich wollte sie ausspucken, aber es ging nicht. Der Hunger der Echse nach dieser Spinne war zu groß.

Ich schluckte die Spinne. Das war so, als würde man einen ganzen Räucherschinken auf einmal runterschlucken. Ein Schinken, der sich den ganzen Weg hinab wehrte.

Nein, nein, nein!, schrie mein Gehirn vor Entsetzen und Abscheu. Zugleich war aber das Echsenhirn erfreut. Ich merkte, wie es sich etwas beruhigte.

Jetzt reicht's!, sagte ich zu mir. Ich bin raus aus diesem Morph!

Ich wollte nur noch diesen schrecklichen kleinen Körper verlassen. Es war mir egal, wer mich sah – ich würde in Menschengestalt zurückmorphen. Marco hatte recht. Es war Wahnsinn, sich auf diese Sache einzulassen. Wahnsinn!

Plötzlich hörte ich, wie der Boden zitterte – ein Geräusch wie von einem Riesen, der über das Land stapfte. Es war ein Riese.

Am Himmel erschien ein gewaltiger Schatten. Ich hatte den Eindruck, dass mich jemand zerschmettern wollte, indem er ein ganzes Haus auf meinen Kopf fallen ließ.

Der Schuh kam herunter!

Ich huschte nach links.

Noch ein Schuh.

Mein Schwanz! Der Schuh stand auf meinem Schwanz! Ich saß in der Falle!

KAPITEL 17

In Panik versuchte ich zu fliehen. Doch mein Schwanz war gefangen.

Plötzlich war ich frei! Wie konnte das ...

Ich begriff, was passiert war. Mein Schwanz war abgefallen. Im Zurückblicken sah ich ihn, noch immer gefangen unter dem Riesenschuh. Er zappelte, als sei er noch lebendig. Er wand sich wie ein Wurm am Angelhaken.

Der Schuh hob sich und sauste abermals durch die Luft. Ich huschte an der Wand hinauf und erstarrte regungslos.

Der Riese hatte mich nicht gesehen. Er hatte nicht versucht, mich zu zertreten. Es war ein Unfall gewesen. Und jetzt war mein Schwanz ... nein, der Schwanz der Echse ...

Der Riese lief weiter, und bei jedem seiner Schritte erzitterte der Boden.

Ich richtete eines meiner Echsenaugen auf die Person. Das war so, als wollte man versuchen, die Bilder jener lustigen Zerrspiegel vom Rummelplatz sinnvoll zu deuten. Dennoch war ich mir ziemlich sicher, dass es Chapman war.

Ich beobachtete ihn, wie er den Korridor hinuntereilte. Und mit aller Kraft befahl ich meinem Echsenkörper, ihm zu folgen.

Ich bemühte mich, nicht an die Spinne in meinem Magen zu denken oder daran, dass sie noch nicht ganz tot war. Ich versuchte, nicht darüber nachzudenken, dass dort hinten ein Teil meines Körpers auf dem Boden lag und zuckte, als wäre er noch lebendig. Ich rannte einfach Chapman hinterher.

Denn vielleicht würde Chapman ja etwas enthüllen, was Tom helfen konnte.

Mein Plan war, Chapman in sein Büro zu folgen. Ich würde mich unter seinem Schreibtisch verstecken und ihn bei seinen Telefongesprächen belauschen. Dabei, so stellte ich mir das vor, würde ihm früher oder später etwas über den Standort des Yirkpools herausrutschen.

Cassie und ich hatten darüber gesprochen. Sie hatte gemeint, es könne womöglich Tage dauern, bevor wir was erfahren. Außerdem konnten wir nur zwei Stunden lang gemorpht bleiben. Und inzwischen würde ich den Unterricht schwänzen. Früher oder später würde ich mir deswegen Ärger einhandeln.

Und das wirklich Lustige ist: Wenn sie einen beim Schulschwänzen erwischen, wird man zum stellvertretenden Direktor geschickt.

Zu Mister Chapman.

Diese Szene konnte ich mir lebhaft vorstellen ... ›Entschuldigen Sie mein Fernbleiben vom Unterricht, Mister Chapman, aber ich habe in diesem Echsenkörper gesteckt und Sie beobachtet, weil ich weiß, dass Sie ein Controller sind und Teil einer galaktischen Verschwörung von Außerirdischen, welche die Erde übernehmen wollen.‹

Ich hätte gelacht, bloß können Reptilien nicht lachen. Also folgte ich einfach Chapman auf seinem Weg den Korridor hinunter.

Plötzlich blieb er stehen. Waren wir bei seinem Büro?

Ich schaute mich um, so gut es ging. Es sah nicht wie das Büro aus. Die Spinne verpasste mir einen Tritt gegen die Magenwand.

Er öffnete eine Tür. Sie schwang dicht über mir mit einem heftigen Luftzug auf und sauste knapp an meinem Kopf vorbei, während ich mich auf den Fußboden krallte.

Ich konzentrierte mich darauf, die optischen Eindrücke sinnvoll zu ordnen. Moment mal! Dies war der Putzraum des Hausmeisters, ein Durcheinander aus Schrubbern und Eimern und Reinigungsmitteln. Was machte Chapman da bloß ...?

Er ging hinein. Ich folgte ihm, sorgsam darauf bedacht, mich von den hohen Lederwänden seiner Schuhe fernzuhalten.

Ich hörte ein lautes Klicken. Er hatte die Tür hinter sich abgeschlossen.

Es war eine lange Strecke vom Fußboden hinauf. Trotzdem konnte ich ihn mehr oder weniger dabei sehen, wie er irgendwas mit dem Wasserhahn am Spülbecken anstellte. Mir war so, als hätte er einen der Haken gepackt, an denen normalerweise die dreckigen Schrubber aufgehängt wurden. Ich war ziemlich sicher, dass er daran drehte, denn es gab ein quietschendes Geräusch.

Und zu meinem totalen Erstaunen öffnete sich die Wand.

An der Stelle, wo die Wand gewesen war, befand sich nun ein Eingang. Aus dem Inneren drangen fremdartige Gerüche und noch fremdartigere Geräusche empor.

Chapman trat hindurch. Gleich dahinter kam eine Treppe, die zu einer in purpurfarbenes Licht getauchten Grube hinabführte.

Von Weitem, als käme es aus hundert Kilometern Tiefe, hörte ich ein schwaches Geräusch.

Es war ein Schrei. Ein Schrei der Angst und Verzweiflung. Eine menschliche Stimme, die in die Dunkelheit dieses entsetzlichen Ortes hinausschrie.

»Neeein!«, stöhnte die Stimme. »Neeein!«

Mir war klar, was der Schrei bedeutete. Ich wusste, was sich hier abspielte. Irgendwo da unten spürte ein menschliches Wesen, wie die Yirkschnecke in sein Gehirn hineinglitt. Irgendwo dort unten wurde ein Mensch zu einem stumpfsinnigen Sklaven der Yirks umgedreht.

Chapman kam wieder die Treppe hoch.

Die Tür schloss sich hinter ihm.

Ich hatte den Yirkpool gefunden.

Er befand sich direkt unter meiner Schule.

KAPITEL 18

»Schreie«, sagte ich. »Menschliche Schreie. Sie klangen weit entfernt, aber das waren sie auch.«

Meine Freunde sahen mich an. Alle bis auf Marco, der wegschaute. Es war am selben Nachmittag, gleich nach der Schule.

Wir waren zum Einkaufszentrum gegangen. Das schien uns die beste Möglichkeit, unauffällig zu wirken. Niemand findet was dabei, wenn ein paar Kinder gemeinsam in der Mall abhängen.

Wir saßen an einem Tisch beim Imbissstand und teilten uns ein paar Nachos. Seit meiner Spinnenmahlzeit hatte ich den Wunsch, Fastfood in rauen Mengen in mich reinzustopfen, um das eklige Erlebnis zu vergessen.

»Du warst in dem Moment eine Echse«, erklärte Marco. »Wer weiß, was du gehört hast?«

»Ich weiß es«, sagte ich.

»Ich kann den Gedanken nicht ertragen, was mit den Leuten da unten passiert«, sagte Cassie. Es schüttelte sie. »Das macht mich ganz krank.«

»Wir müssen was unternehmen«, sagte Rachel.

»Ja, stürmen wir doch gleich da runter«, sagte Marco. »Dann können wir uns selber schreien hören.«

Mir war der Appetit auf Nachos vergangen.

»Marco, du kannst doch nicht einfach ignorieren, was hier abgeht«, rief Rachel.

»Natürlich kann ich das«, sagte er. »Ich brauche mich bloß daran zu erinnern, dass ich – na, ratet mal – nicht sterben will.«

»Das war's dann also?«, fragte Rachel wütend. »Es zählt nur das, was am besten für Herrn Marco ist?«

»Ich halte Marco nicht für egoistisch«, sagte Cassie. »Ganz im Gegenteil. Er denkt an seinen Vater. Daran, was seinem Vater zustoßen würde, falls Marco ...«

»Er ist nicht der Einzige, der sich um seine Angehörigen sorgt«, erwiderte Rachel. »Ich hab auch eine Familie! Wir alle!«

»Ich nicht«, sagte Tobias leise. Er lächelte traurig, verlegen. »Ist doch wahr. Keiner schert sich um mich.«

»Doch, ich«, sagte Rachel.

Solche Worte aus ihrem Mund zu hören, überraschte mich. Rachel ist nicht gerade sentimental.

»Schaut mal«, sagte ich. »Ich bitte niemanden, mich zu begleiten. Aber ich habe keine Wahl. Ich habe heute diesen Schrei gehört. Und ich weiß, dass Tom heute Nacht dort hingehen wird. Er ist mein Bruder. Ich muss versuchen, ihn zu retten.« Hilflos hob ich die Hände. »Ich muss es tun. Für Tom.«

»Ich komme mit«, sagte Tobias. »Für den Andaliten.«

»Es ist sonst keiner da, der irgendwas tun könnte, um die Yirks aufzuhalten«, sagte Rachel. »Ich habe zwar Todesangst, wenn ich auch nur daran denke. Aber ich bin dabei.«

Marco sah elend aus. Er warf mir einen stinksauren Blick zu und schüttelte den Kopf. »Das ist schlimm«, sagte er. »Das ist so ätzend. Wenn's nicht für Tom wäre, würde ich weglaufen.«

»Schau, Marco, du musst nicht ...«, weiter kam ich nicht.

»Oh Mann, halt bloß die Klappe!«, giftete er zurück. »Du bist mein bester Freund, du Trottel. Als ob ich dich allein in diesen Krieg ziehen lassen würde! Ich bin dabei. Ich bin dabei, um Tom zu retten. Das war's dann aber. Danach ist für mich Schluss.«

Nur Cassie hatte bis jetzt kein Wort gesagt. Verträumt blickte sie über die Köpfe der kleinen Versammlung hinweg. »Wisst ihr, damals, vor langer Zeit – ich meine wirklich in grauer Vorzeit – da glaubten sowohl die Afrikaner, die frühen Europäer als auch die amerikanischen Ureinwohner, dass in den Tieren Geister wohnten. Und diese Geister riefen sie zum Schutz vor dem Bösen an. Sie baten den Geist des Fuchses um seine Schlauheit. Den Geist des Adlers baten sie um seine Sehkraft und den Geist des Löwen um seine Stärke.«

»Ich finde, was wir hier machen, ist im Grunde ganz simpel. Auch, wenn uns dies erst die andalitische Technologie ermöglicht hat. Nach wie vor sind wir bloß verängstigte Menschlein, die versuchen, sich den Verstand des Fuchses auszuborgen und die Augen des Adlers ... oder des Bussards«, ergänzte sie mit einem Lächeln zu Tobias. »Und die Stärke des Löwen. Genau wie vor Jahrtausenden rufen wir als Beistand gegen das Böse die Tiere an.«

»Ob ihre Stärke ausreichen wird?«, fragte ich skeptisch.

»Ich weiß nicht«, sprach Cassie feierlich. »Das ist so, als würden alle Urkräfte des Planeten Erde in die Schlacht eingebracht.«

Marco verdrehte die Augen. »Nette Story, Cassie. Aber wir sind fünf normale Kids. Und es geht gegen die Yirks. Wenn das hier ein Fußballspiel wäre, würdest du da auf uns wetten? Wir sind so gut wie geliefert.«

»Sei da mal nicht so sicher«, sagte Cassie. »Wir kämpfen für Mutter Erde. Sie hat noch so manchen Trick auf Lager.«

»Du liebe Güte«, rief Marco. »Lasst uns alle Ökolatschen kaufen und ein paar Bäume abknutschen.«

Wir lachten alle, sogar Cassie.

»In einem Punkt hat Cassie recht«, sagte Rachel dann ernst. »Das Einzige, was zu unseren Gunsten spricht, ist diese Sache mit dem Tiermorphing. Und bis jetzt sind die einzigen Tiere, in die wir uns gemorpht haben, eine Katze, ein Hund, ein Vogel, ein Pferd und eine Echse. Ich denke, wir brauchen etwas mehr Schlagkraft. Wir sollten mal die Gardens aufsuchen und uns weitere DNS-Muster reinziehen – und zwar von ein paar exotischeren Tieren.«

Ich nickte. »Richtig. Ich glaube auch nicht, dass das Bussard-Pferd-und-Echse-Team die Yirks sonderlich beeindrucken wird. Rachel hat recht. Ja, wir müssen die Gardens besuchen und uns etwas Hilfe von Mutter Naturs taffsten Kindern verschaffen.« Ich sah zu Cassie hinüber. »Kannst du uns da einschleusen?«

»Ich komme umsonst rein«, sagte sie. »Ihr anderen müsst Eintritt bezahlen, aber ich kann den Mitarbeiterrabatt von meiner Mama ausnutzen, dann wird's billiger.«

»Oh, ich bin sicher, wir könnten sie überreden, uns gratis reinzulassen«, sagte Marco. »Sag ihnen bloß, dass wir die Animorphs sind.«

»Ihnen sagen, dass wir *was* sind?«, fragte Rachel.

»Behämmerte Teenager mit Todessehnsucht«, sagte Marco trocken.

»Animorphs.« Ich probierte das Wort aus. Es klang gut.

KAPITEL 19

Zielstrebig verließen wir die Mall und nahmen einen Bus zu den Gardens, die sich genau am anderen Ende der Stadt befinden.

Unterwegs versuchte ich meine Hausaufgaben nachzuholen. Ich hatte an jenem Tag viele Fächer versäumt, also lieh ich mir die Mitschriften von meinen Freunden aus.

Rachel glänzte mit einer perfekten Heftführung. Tobias hatte schreckliche Notizen mit allerlei Kritzeleien am Heftrand fabriziert. Es dauerte eine Weile, bis ich dahinterkam, was sie darstellten. Es waren Häuser und Menschen und Autos, so wie sie aus großer Höhe aussehen.

»Ich muss da nicht unbedingt reingehen«, sagte Tobias, als wir unsere mageren Bargeldreserven für den Kauf der Eintrittskarten zusammenkratzten. »Mir reicht mein Bussardmorph vollauf. Ich will gar nichts anderes sein.«

»Ich halte das für einen Fehler«, sagte Rachel. »Unsere einzige echte Waffe ist die Fähigkeit zu morphen. Wir sollten uns so viele hilfreiche Morphmuster zulegen, wie wir nur können.«

»Welche Morphingtiere können es mit Visser Drei aufnehmen, wenn er sich in das Ungeheuer verwandelt, das den Andaliten auffraß?«, wollte ich wissen. In keinem Zoo der Welt lebte ein Tier, das geeignet gewesen wäre, diesem Riesenmonster eine Abreibung zu verpassen.

Marco blinzelte. »Flöhe? Niemand kann Flöhe töten. Wir werden ihn zu Tode jucken.«

Ich musste grinsen. »Jetzt bist du also plötzlich Herr Optimist?«

»Nein, ich hab so Schiss, dass ich noch durchdrehe«, sagte er. »Ich hab diese Morphingsachen nicht mitgemacht, ihr anderen dagegen schon. Bis jetzt bin ich nicht mal ein richtiger Animorph. Ich bin noch normal.«

»Ich *fühle* mich auch normal«, sagte Cassie. Sie schaute besorgt drein.

»Cassie, du kannst dich in ein Pferd verwandeln«, sagte Marco. »Das beherrschen nur sehr wenige normale Kids. Wenn Jake zu einer Echse wird, ist das was anderes. Er war schon immer so ein Kriecher.«

Ich versuchte Marco zum Spaß einen Schwinger zu verpassen, aber er wich geschickt aus. Cool, dass Marco jetzt doch mitmachte – selbst wenn er verrückt war.

Es dauerte rund eine halbe Stunde, bis wir vor dem Haupttor der Gardens standen. Als ich aus dem Bus stieg, war ich nervös – gar nicht wie sonst, wenn ich hierherkam. Ich meine, die Gardens sind normalerweise mein bevorzugtes Ausflugsziel. Normalerweise will ich dort aber auch nicht auf Tuchfühlung mit wilden Tieren gehen.

Den Hauptteil der Gardens bilden Fahrattraktionen. Hier gibt's all das übliche Zeug wie Achterbahnen, die ich am liebsten fahre, außerdem ein Riesenrad und Wasserrutschen.

In diesem Park gibt es aber auch eine Abteilung mit Tieren. Die ist wie ein Zoo, bloß lockerer. Hier veranstalten sie Delfinshows; außerdem gibt es noch einen großzügig angelegten

Streichelzoo, wo man an einige der harmloseren Tiere ganz nahe herandarf. Und das Affengehege dort ist im Grunde eine ganze Affenstadt. Wenn ich ein Tier wäre und ich müsste in einem Zoo leben, dann würde ich jedenfalls dort sein wollen.

Cassie führte uns zum Haupthaus, wo eine Menge Biotope gezeigt werden. Hier findet man alles bis auf die richtig großen Tiere, die viel Platz brauchen. Die sind dann weiter draußen untergebracht, meist in großen Rasengehegen, die wie Parks aussehen. Parks mit Mauern und Wassergräben und Zäunen drumherum.

Das Haupthaus soll wohl an einen Regenwald erinnern, vermute ich. Hier halten sie solche Tiere, die es ständig warm haben müssen. Zwischen hohen Tropenbäumen und einzelnen Büschen hindurchschlängelt sich ein Pfad.

Manche Biotope sind winzig, andere dagegen sind echt groß wie etwa das Ottergehege. Hier gibt es einen Wasserfall und eine Wasserrutsche zum Spielen für die Otter.

In der Nähe des Ottergeheges blieb Cassie stehen. »Okay, bleibt jetzt alle zusammen und verhaltet euch ganz normal«, sagte sie. »Ich nehme euch mit nach drinnen. »Wohin nach drinnen?«, fragte Marco.

»Also, die Sache funktioniert so: Hinter all diesen Schaugehegen gibt es Flure. So füttern sie die Tiere und geben ihnen Medikamente oder sonst was.« Sie zeigte auf eine unscheinbare Tür. »Durch die kommen wir rein.«

Was für ein krasser Wechsel von draußen nach drinnen. In der einen Minute waren wir in diesem künstlichen Regenwald, im nächsten Moment befanden wir uns in einem Raum, der wie ein Schulkorridor aussah. Nur roch es hier übler – irgendwie feucht und muffig. Eher wie im Umkleideraum für Jungs.

»Also, hört mal, sollten uns irgendwelche Leute vom Personal anhalten, dann sagen wir, dass wir meine Mama besuchen wollen«, erklärte Cassie. »Natürlich ist es schon so spät am Nachmittag, dass sie nicht mehr da sein wird. Hoffe ich. Denn wenn sie rauskriegt, dass ich vier Freunde hier nach hinten mitgeschleppt habe ... Tja, ich kann die Welt nicht vor außerirdischen Invasoren retten, wenn ich Hausarrest aufgebrummt kriege. Hoffentlich läuft hier überhaupt niemand mehr rum.«

Wir schlurften den Flur entlang in dem Bewusstsein, dass wir hier absolut nix zu suchen hatten. Links und rechts vom Hauptgang zweigten Seitenflure ab, die zu den jeweiligen Gehegen führten. Leider waren die Türen nur mit Ziffern beschriftet. Um uns hier zurechtzufinden, mussten wir uns auf Cassies Wissen verlassen. Hinter manchen Türen hausten Tiere, zu denen man nicht so einfach hineinspazieren mochte.

»Hey, Leute, was haltet ihr von Gorillas?«, fragte Cassie. Sie war vor einer der nummerierten Türen stehen geblieben. »Das ist Big Jims Käfig. Er ist gerade erst von einem anderen Zoo gekommen, deshalb hat er vorläufig seinen eigenen Privatbereich. Er ist sehr sanftmütig.«

Langsam dämmerte es mir, was Cassie da sagte. »Oh, du meinst, ob einer von uns seine DNS übernehmen will?«

»Deswegen sind wir ja hier, Jake«, belehrte mich Rachel. Sie sah zu Marco hinüber. »Was ist mit dir, Marco? Wolltest du nicht immer schon ein großer, stark behaarter Kerl sein?«

Marco schien von der Idee nicht eben begeistert. Aber ich wusste, wie man ihn packen musste.

»Vielleicht sollte Marco für sein erstes Mal was Leichteres probieren«, sagte ich. »Wisst ihr, so was wie einen knuddeligen Koala oder so.«

Treffer.

»Koala?«, sagte Marco und warf mir einen abfälligen Blick zu. »Mach die Tür da auf, Cassie.« Er zögerte. »Du sagtest doch sanftmütig, korrekt?«

»Gorillas sind ausgesprochen sanftmütig«, erwiderte Cassie. Und mit leiserer Stimme fügte sie hinzu: »Wenn man sie nicht reizt.«

Cassie öffnete ihren Rucksack. Sie holte einen Apfel heraus und gab ihn Marco. »Hier. Du machst jetzt einfach die Tür auf. So, wie sie konstruiert ist, wird dich niemand von den Besuchern sehen, wenn du nicht ganz den Käfig betrittst. Außerdem gibt es ein zusätzliches Sicherheitsgitter. Er kann also nicht einfach raushüpfen, und du kannst nicht einfach reingehen. Wir machen also bloß die Tür auf und hoffen, dass Big Jim Lust auf ein Häppchen hat.«

Hinter der Tür befand sich eine zweite Tür aus Eisenstäben mit einer kleinen Luke, durch die der Wärter das Futter schieben kann. Die gesamte Türöffnung lag hinter einem künstlichen Felsvorsprung versteckt, sodass sie für die Parkbesucher nicht zu sehen war. Big Jim aber bemerkte uns sofort. Schwerfällig kletterte er von seinem Ruheplatz auf einem Felssims herab und musterte uns gründlich durch die Stäbe.

Big Jim trug seinen Namen zweifellos zu Recht. Seine Finger waren so dick wie mein Handgelenk. Unsere Anwesenheit schien ihn nicht zu stören. Am meisten interessierte er sich offenbar für Marcos Apfel. Er sah zu Marco hinüber, schnaubte scheinbar unbeeindruckt und streckte dann die Hand aus.

»Gib ihm den Apfel«, wies Cassie ihn an. »Er will ihn haben.«

»Du warst klasse in King Kong gegen Godzilla«, sagte Marco zu Big Jim. Er schob seine Hand durch die Gitterstäbe und hielt ihm den Apfel hin. Mit erstaunlicher Behutsamkeit nahm der Gorilla den Apfel und begann ihn eingehend zu inspizieren.

»Halte seine Hand«, sagte ich.

»Ja, richtig«, lachte Marco.

»Wenn du seine DNS übernimmst, fällt das Tier in eine Art Trance«, sagte ich. »Los, greif seine Hand und konzentriere dich.«

Zaghaft berührte Marco den Gorilla am Handgelenk. »Nettes Äffchen.« Der Gorilla beachtete ihn nicht. Big Jim interessierte sich viel mehr für den Apfel als für irgendeinen von uns.

»Konzentrier dich!«, mahnte Rachel.

Marco schloss die Augen, und auch dem Affen fielen die Lider zu.

»Das ist einfach irre«, bemerkte Tobias. »Euch ist ja wohl klar, dass dieser Gorilla Marco wie eine Spielzeugpuppe zerreißen könnte. Seht euch mal diese Arme an!«

Plötzlich hörte ich ein surrendes Geräusch. Ich schaute den Gang hinunter, dann in die andere Richtung. Es war einer von diesen Elektrokarren, die wie Golfcarts aussehen. Er kam direkt auf uns zu.

»Verhalte dich ganz normal«, zischte Cassie. Marco schlüpfte hinaus, und sie zog rasch die Tür zu. »Solange es kein Wachmann ist, dürften wir sicher sein.«

Der Wagen kam auf uns zu. Am Steuer saß ein Mann, der über seiner Jeanshose einen fleckigen, gelbbraunen Laborkittel trug. Auf dem Rücksitz standen zwei große, weiße Plastikeimer, die mit irgendeiner braunen, abscheulich stinkenden Masse gefüllt waren. »Hallo, du bist Cassie, stimmt's? Die Tochter der Frau Doktor? Wie geht's denn so?«

»Gut, danke«, sagte Cassie. Sie winkte lässig, und der Mann fuhr an uns vorbei.

»Das ging glatt«, sagte Rachel. »Es schien ihm egal zu sein, dass wir hier hinten sind.« »Also, wohin als Nächstes?«, fragte Cassie. Wir standen an einer Wegkreuzung. In alle Richtungen führten leere, weiß gestrichene Flure. Auch hier war so ein elektrisches Golfcart geparkt.

»Was liegt denn in unserer Nähe?«, fragte ich.

Cassie überlegte einen Moment. »Okay, dieser Gang führt zu den Außengehegen. Der hier führt zu den Büros und diese beiden rings um die Gehege vom Haupthaus. Wir sind nicht weit von ... wartet mal ... ähm, zu den Fledermäusen und den Schlangen geht's in diese Richtung, zum Jaguar und dem Delfinarium da lang.«

Rachel wählte den Gang zu unserer Rechten. »Delfine. Ich liebe Delfine.«

»Warte«, rief Cassie und rannte ihr nach. »Was sollen wir denn als gemorphte Delfine anstellen?«

»Ich denke, wir sollten nach draußen zu den Großtiergehegen gehen«, sagte Marco. »Wir müssen diese Sache richtig angehen. Wir brauchen Schlagkraft. Los, kommt mit.«

»Lasst uns zusammenbleiben«, sagte ich, als Marco schon den Gang hinabeilte. Ich bekam ihn zu fassen, bevor er zu weit weglaufen konnte.

In diesem Moment rief eine gellende Stimme: »He! He, ihr da! Was habt ihr da hinten zu suchen?«

Ich sah einen Typen in einer braunen Uniform.

»Der Wachdienst!«, quietschte Cassie. »Oh, Mann, die bringen uns alle ins Büro. Sie werden meine Mama anrufen. Ich will ihr das *nicht* erklären.«

»Verteilt euch!«, sagte ich und bemühte mich, wie ein Anführer zu klingen. »Genau wie auf der Baustelle: Einer allein kann uns nicht alle schnappen!«

»Dieser Typ sieht aus wie mein Großvater«, sagte Rachel. »Nicht wie der Hork-Bajir, der uns auf den Fersen war.

»Bleibt sofort stehen, Kinder!«

»Oh, Mann. Oh, Mann!«, stöhnte Cassie und schon flitzte sie einen der Gänge hinunter. Rachel und Tobias rannten ihr hinterher.

Marco war schon zwanzig Meter den anderen Gang hinunter, der nach draußen zu den Großtiergehegen führte. Ich rannte ihm nach, um ihn einzuholen.

Der Wachmann bog um die Ecke. Ich sah, wie er zu Tobias und den Mädchen rüberschaute. Dann sah er mich und Marco an. Ich vermute, dass Marco und ich verdächtiger aussahen, denn er suchte sich uns aus.

»Halt! Ihr Kinder tätet gut daran, stehenzubleiben!«

»Komm, wir schnappen uns den Golfwagen!«, rief Marco.

»Einen Golfwagen stehlen?«

»Wenn *wir* ihn nicht nehmen, dann tut's dieser Wachmann.«

»Gutes Argument.«

Wir sprangen in den Wagen. Marco rutschte hinters Lenkrad.

Er drehte den Schlüssel auf »EIN« und sah mich an. »Genau wie Autoscooter fahren, stimmt's?«

»Bloß, dass du hierbei versuchst, *nichts* anzurempeln.«

Er trat auf das Pedal. Der Elektromotor surrte hoch und los ging unsere Fahrt. Direkt gegen die Wand.

Peng!

»He, versuch's mal mit Lenken!«, rief ich.

Wir setzten zurück und fuhren erneut an. Wir wurden schneller. Genug, um Abstand zu dem Wachmann zu bekommen, aber als ich mich umsah, spurtete er noch immer hinter uns her.

»Der kriegt noch einen Herzkasper«, sagte ich.

»Wohin?«

»Was denn?«

»Wohin?«

Ich drehte mich wieder nach vorn. Wir waren an einer T-förmigen Einmündung angelangt. »Nach rechts!«, schrie ich.

Natürlich fuhr Marco nach links. Ich fiel beinahe heraus.

Gleich danach kamen wir wieder an eine Kreuzung. Diesmal entschied sich Marco tatsächlich für rechts. Und ich fiel *wirklich* aus dem Wagen.

Ich stürzte auf den Linoleumboden und kullerte ein Stück weit. Dann rappelte ich mich hoch und rannte hinter dem Cart her.

»Was machst du denn?«, fragte Marco, als er mich sah.

»Hör auf mit dem Unfug!«

Ich blickte ihn nur grimmig an und stieg wieder ein.

»Schätze, wir haben den Wachmann abgehängt«, sagte Marco.

»Mir geht's gut, danke der Nachfrage«, erwiderte ich. »Nur ein paar Prellungen. Vielleicht ein Schädelbruch. Nichts Ernstes.«

»Was meinst du, wo wir hier sind?«

»Ich denke, wir sind in dem längsten Tunnel, den ich je gesehen habe«, sagte ich. Es sah jetzt mehr und mehr nach einem Tunnel aus. Der Boden war zwar noch immer aus Linoleum und die Wände waren weiß getüncht, aber die Lampen waren in größerem Abstand angebracht, deswegen hatte man absolut das Gefühl, dass man sich unter der Erde befand.

»Möchte wissen, ob sie die anderen geschnappt haben«, sagte Marco. »Siehst du jetzt ein, dass die Vorstellung, wir könnten die Yirks schlagen, verrückt ist? Ich meine, mach dir das doch mal klar: Wir können ja noch nicht mal den Wachdienst vom Park aufs Kreuz legen.«

»Noch haben wir nicht mal den besiegt«, sagte ich finster. »Da, schau!«

Weit vor uns standen zwei Männer in braunen Uniformen.

»Vielleicht wissen sie nicht, wer wir sind«, schlug Marco vor. »Sie könnten uns ja für reguläre Angestellte halten.«

»Vielleicht. Aber bei genauerem Hinsehen nicht mehr«, erklärte ich. »Da ist eine Abzweigung. Die nehmen wir.«

Wir bogen ab. Im selben Moment fingen die Wachen an zu schreien. Der Seitengang wurde enger. Zu eng für das Golfcart.

»Spring ab!«

Ich sprang heraus. Marco kam gleich hinterher. Wir konnten die Schritte der Wachmänner hören, wie sie den Haupttunnel heruntergerannt kamen. Diese Jungs waren fitter als der alte Mann. Die *konnten* rennen.

Der Korridor endete abrupt. Es gab zwei Türen, eine unmittelbar zur Linken, die andere etwas weiter hinten auf der rechten Seite. Sie waren mit P-201 und P-203 beschriftet. Tolle Hilfe, ehrlich.

»Such dir eine Tür aus«, sagte Marco.

Ich holte tief Luft. »Tür Nummer eins.« Ich öffnete P-201. Ein Schwall Frischluft blies mir entgegen. Sonnenlicht blendete mich. Ich blinzelte und versuchte meine Augen an die Helligkeit zu gewöhnen.

Das Nashorn blinzelte ebenfalls.

»Ahhhh!«, schrie ich.

»Ahhhh!«, schrie Marco.

Wir sprangen zurück und knallten die Tür zu.

»Falsche Tür!«, sagte Marco.

»Absolut falsch!«, bestätigte ich.

»He, Kinder! Bleibt sofort stehen!«

Die Wachmänner waren jetzt am Ende des Gangs.

»Jetzt die andere!«, rief ich.

»Los!«

Wir öffneten die Tür und rannten hindurch.

Rings um uns herum standen lauter Bäume. Bäume und Gras. Wir waren im Schatten. Durch das Blätterdach drang Sonnenlicht herab. Gleich vor uns gaben die Büsche den Weg frei auf eine offene Wiese.

»Wo sind wir hier?«, fragte Marco.

»Was weiß denn ich?«

Vorsichtig nach allen Richtungen spähend, zwängten wir uns durch einige Büsche. Es waren keine Tiere zu sehen, nur ein paar Vögel oben in den Bäumen.

»He, da oben sind Leute!«, sagte Marco. Er ließ sich hinter

einen Busch fallen und zeigte nach oben.

Dort standen Menschen hinter einer Brüstung. Sie waren hoch oben. Oder anders gesagt, wir waren tief unten. Ich teilte das Buschwerk, um mir einen besseren Überblick zu verschaffen. Die Leute lehnten sich gegen ein Geländer, das den Abschluss einer hohen Betonmauer bildete. Wegen der Büsche konnten sie uns nicht sehen. Aber sie starrten alle definitiv auf *etwas*.

»Wir befinden uns eindeutig in einem der Gehege«, sagte ich. »Diese Leute betrachten ... was immer bei uns hier drin sein mag. Ich hoffe bloß, dass es nicht dieses Nashorn ist. Das Vieh war *viel* zu groß.«

»Wie kommen wir hier wieder raus?«

»Keine Ahnung. Gehen wir erst mal von der Tür weg. Die Wachmänner werden jeden Augenblick hier sein.« Aber im Stillen dachte ich: ›Hm, wieso sind sie dann noch nicht hier?‹

Marco und ich krochen durch die Büsche und um die Stämme der großen Bäume herum. Wir gelangten zu einer Mauerecke, die von oben nicht einsehbar war.

»Das ist ja ’ne furchtbar hohe Mauer«, bemerkte Marco. »Das sind gut und gern zehn Meter. Sieht gar nicht gut aus. Diese Mauer ist nicht ohne Grund so hoch. Hier drin ist etwas, das nicht entkommen darf.«

Ich inspizierte die Mauer. In etwa fünfzehn Meter Entfernung war eine stählerne Leiter in den Beton eingelassen. »Das dürfte wohl der einzige Weg in die Freiheit sein.«

»Eine Frage«, sagte Marco. »Warum sind uns die Wachmänner nicht bis hierher gefolgt? Ich meine, wenn dies zum

Beispiel das Reh- oder das Antilopengehege wäre, dann würden sie doch reinkommen, oder?«

»Wir müssen nachdenken und nicht in Panik geraten«, antwortete ich. »Ich versuche, *nicht* daran zu denken, weshalb die Wachmänner nicht hier reinkamen.« Ich zog mich in den Schatten der Büsche zurück. »Außerdem ist hier ja vielleicht gar nichts drin.«

Ich kauerte mich hin.

Mit meinem Hintern stieß ich gegen etwas Warmes.

In diesem Augenblick überkam mich ein schreckliches Gefühl. Ich schaute hoch und sah Marco. Normalerweise hat Marco eine eher dunkle, sonnengebräunte Gesichtsfarbe. Jetzt aber war er weiß. Und seine Augen waren so groß wie Suppenteller.

»Marco«, sagte ich sehr langsam und sehr leise. »Ist da hinter mir etwas?«

Er nickte.

»Was denn, Marco?«

»Ähm ... Jake? Es ist ein Tiger.«

KAPITEL 20

Ein männlicher Sibirischer Tiger, um genau zu sein. Drei Meter lang. Siebenhundert Pfund tödliche Schnelligkeit und unvorstellbare Kraft.

Ihr kennt doch diese alten Tarzanfilme, die sie manchmal im Fernsehen bringen und in denen Tarzan mit einem Tiger ringt? Und auch noch gewinnt? Wir wollen mal eins klarstellen. Ihr wollt wissen, wie eure Chancen stehen, mit einem Tiger zu kämpfen und lebend aus der Sache rauszukommen? Die Chancen wären etwa so, wie einen Sprung vom Empire State Building zu überleben.

»Ich hab eine Idee«, sagte Marco mit zittriger Stimme. »Wir verduften.«

»Nicht wegrennen«, sagte ich. »Da wird er vielleicht erst auf uns aufmerksam.«

»Der hat uns doch wohl längst bemerkt«, sagte Marco. »Ich glaube, er weiß, dass wir hier sind, Jake. Er schaut *direkt* zu uns her! Sieh doch mal seine Zähne!«

»Dreh nicht durch! Ich hab eine Idee. Ich morphe! Das wird ihn ruhigstellen. Wenn ich ihn in mich aufnehme, fällt er in Trance.«

»Aufnehmen? Was aufnehmen? Bei dem kannst du rein gar nichts aufnehmen. Er ist der Aufnehmende, und du wirst aufgenommen. Er wird deinen Arsch zum Abendessen aufnehmen!

Er wird *dich* aufnehmen und die Knochen ausspucken!«

Ich schluckte heftig und versuchte den Tiger zu berühren, aber meine Hand zitterte zu stark. Ich schnaufte ein paar Mal tief durch. Irgendwo hab ich mal gehört, dass das beruhigend wirken soll. Vermutlich tut es das auch. Es sei denn, man sitzt praktisch auf einem Tiger. Dann kann einen absolut *nichts* beruhigen.

»Braver Tiger«, flüsterte ich.

Er sah mich nur an mit diesem gleichgültigen *Was-kümmert's-mich*-Blick. Diesem Ausdruck völliger, absoluter Gewissheit. Fast so, als hielte er mich für komisch. Vielleicht genoss er es ja, mich zittern und bibbern zu sehen.

»Bitte töte mich nicht«, sagte ich.

»Gilt auch für mich«, ergänzte Marco.

Ich streckte meine zittrige Hand nach dem Tiger aus. Seine Augen folgten meiner Hand. Ich berührte seine Flanke. Sie hob und senkte sich mit seinem Atem.

»Konzentrier dich«, flüsterte Marco.

Ich konzentrierte mich bereits intensiv auf den Tiger, auf seine Zähne, die zuckenden Muskeln unter seinem hellorange und schwarz gestreiften Fell. Ich konzentrierte mich intensiv auf die Tatsache, dass er mit seiner mächtigen Pranke ausholen und meinen Kopf wie einen Fußball über den Rasen schleudern konnte.

Jetzt atmete der Tiger ruhiger. Seine Augen flackerten ein wenig und schlossen sich dann langsam.

»Wie lange hält der Trancezustand an?«, flüsterte Marco.

»Hm, ungefähr zehn Sekunden, nachdem man den Kontakt abbricht. So war es jedenfalls bei Homer.«

»Zehn Sekunden? Zehn Sekunden?«

»Ja. Mach dich also bereit zum Abflug.«

»Bin ich doch schon längst!«

Ich entfernte mich ein Stück weit, zögerte dann aber. Es war ein seltsamer Moment, denn genau in diesem Augenblick erkannte ich, was ich da tat. Es traf mich. Dieser Tiger wurde ein Teil von mir. All diese Kraft und Zuversicht wurden ein Teil von mir.

»Er ist schön, nicht wahr?«, sagte ich.

Eigentlich erwartete ich einen ätzenden Kommentar von Marco. Stattdessen sagte er: »Ja. Er ist herrlich.« Und fügte hinzu: »Jetzt machen wir aber, dass wir hier rauskommen, bevor er uns zeigt, warum er der König des Dschungels ist.«

»Das ist doch der Löwe«, belehrte ich ihn. »Der gilt als der König des Dschungels. Aber sagen wir's ihm besser nicht. Fertig?«

Er nickte.

»Jetzt!«, schrie ich.

Ich sprang auf, und wir hasteten zu der Leiter hin. In Gedanken zählte ich die Sekunden herunter: einundzwanzig, zweiundzwanzig, dreiundzwanzig ...

Da bewegte sich etwas. Schnell! Ein verwaschener, orangeschwarzer Fleck!

In diesem Moment erkannte ich es. Oh Gott, in dem Gehege war mehr als bloß ein Tiger.

Ich hörte, wie die Zuschauer oben aufschrien. Vermutlich konnten sie uns jetzt sehen, wo wir aus den Sträuchern raus waren. Marco machte einen Hechtsprung, packte die Sprossen der Leiter und kletterte hoch. Ich war etwa eine Zehntelsekunde hinter ihm. Der Tiger sprang. Nur wenige Zentimeter unter mir fetzten seine Klauen über den Beton. Und dann ließ er ein Gebrüll vom Stapel, bei dem die Leitersprossen in meinen Händen vibrierten.

»*Gggggrrrrooooaaaarrrrrr!*«

Was für ein Schrei! Er dröhnte mir in den Ohren und ließ mir das Mark in den Knochen gefrieren.

Marco flog praktisch die Leiter hinauf und über die Mauerkrone. Ich kam gleich hinterher.

Es ist erstaunlich, wie schnell man eine Leiter hochklettern kann, wenn da unten ein Tiger scharf auf dein Blut ist.

»Da sind sie!«, schrie jemand. »Schnappt sie euch. Halt!«

Wachleute! Mindestens drei von der Sorte.

»Sollen wir uns morphen?«, rief Marco mir zu.

»Nein! Lauf einfach zu der Menge rüber! Da drüben beim Delfinbecken.«

Es war verdammt knapp, aber wir schafften es mit gut drei Metern Vorsprung vor den Wachmännern bis zu einer großen Publikumsmenge.

Ab jetzt brauchten wir uns nur noch zu ducken und unter all die Leute zu mischen, bis die Wachleute uns aus den Augen verloren. Wir wühlten uns zum vorderen Tor hindurch, immer schön geduckt, damit unsere Köpfe nicht aus der Menge ragten.

»Was hast du gemacht – dich in eine Mücke gemorpht?« Es war Rachel. Sie stand direkt vor mir und sah aus, als ob sie ihren Spaß gehabt hätte. Tobias und Cassie waren auch da.

»Die Wachmänner waren uns auf den Fersen«, sagte ich. Von meiner hautnahen Begegnung mit den Großkatzen hatte ich mich gut erholt, ich zitterte fast nicht mehr. Fast.

»Ach, hör auf rumzublödeln, Jake«, sagte Rachel. »Sehen wir zu, dass wir hier rauskommen. Ich muss zum Abendessen daheim sein.«

Wie sich herausstellte, hatte man die drei anderen gar nicht verfolgt. Sie hatten die Wachen mühelos abgehängt und waren mit der Aufnahme weiterer Morphingmuster beschäftigt gewesen, während Marco und ich unser Leben im Tigerkäfig riskiert hatten.

Am ärgerlichsten aber war, dass keiner von ihnen unsere Geschichte glauben wollte. Marco und ich waren darüber schon etwas verbittert.

Wir bestiegen den Bus und ließen uns todmüde in die Sitze fallen.

»Wir hätten dabei draufgehen können«, stöhnte Marco. »Ehrlich. Ich sag's dir. Da fehlten nur Zentimeter.«

»Jaja, ist ja gut«, sagte Rachel. »Bauscht die Sache nicht so auf. Schließlich steht uns die heutige Nacht erst noch bevor. Welchen Gefahren ihr bei Tag auch begegnet sein mögt – sie sind wohl nichts im Vergleich zu dem, was heute Nacht passieren wird.«

»Heute Nacht.« Cassie schüttelte den Kopf. »Und ich hab noch nicht mal daran gedacht, für die Mathearbeit morgen zu büffeln.«

Rachel lachte. »Wegen morgen brauchen wir uns vielleicht gar keine Sorgen mehr zu machen.«

»Vielen Dank für deinen Optimismus«, stieß Marco zwischen den Zähnen hervor.

KAPITEL 21

»Wo hast du denn seit dem Nachmittag bloß gesteckt?«, fragte mich meine Mutter, als wir uns an den Tisch setzten. Meine Familie ist, was das Abendessen betrifft, sehr altmodisch. Wir müssen alle am Tisch sitzen. Kein Fernsehen. Meine Mutter ist Schriftstellerin, deswegen hasst sie das Fernsehen, außer wenn es sich um eine *ihrer* Lieblingssendungen handelt.

»Wo ich gewesen bin?«, wiederholte ich die Frage. »Ähm ... bin rumgehangen. Weißt du, mit Marco.«

»Ich verstehe nicht, wieso du dir überhaupt die Mühe machst, ihn zu fragen«, sagte mein Papa. »Seine Antwort ist doch sowieso immer die gleiche – rumhängen.«

»Und, Papa, was hast du heute in der Praxis gemacht?«, fragte ich ihn.

»Bin rumgehangen«, bekam ich als Antwort zurück. Er zwinkerte mir zu und wir lachten alle.

Ich schaute zu Tom herüber. Er aß sein Hähnchen *Jägerart* wie wir anderen und lachte mit. Er schien so normal.

»Hast du heute Abend was vor, Tom?«, fragte ich ihn.

»Warum?«

Ich versuchte möglichst lässig zu wirken. »Weißt du, ich hab gedacht, wir könnten vielleicht ein paar Körbe werfen«, sagte ich. »Du könntest mir doch ein paar neue Spielzüge beibringen, und ich könnte es noch mal mit der Aufnahme ins Team probieren.«

»Tut mir leid, Mann«, sagte er. »Ich habe heute Abend einiges zu erledigen.«

»Ja, was denn zum Beispiel?«, fragte ich.

»Rumhängen, zweifellos«, sagte meine Mutter. »Iss deinen Brokkoli, Jake, der tut dir gut. Er steckt voller Vitamine und Spurenelemente, die du sonst nirgendwo bekommst.«

»Oh ja«, sagte ich. »Du weißt ja, wie sehr ich Spurenelemente liebe.«

Ich nahm das kleinste Stück Brokkoli, das ich finden konnte, und versuchte es hinunterzuwürgen. Es dürfte nicht schlimmer gewesen sein, als eine lebendige Spinne zu verspeisen.

»Also, Tom, was hast du dir denn vorgenommen?«, unternahm ich einen neuen Anlauf.

Er sah mich verächtlich an. »Muss ich mich jetzt neuerdings mit dir absprechen? Ich hab was zu erledigen. Geht das in Ordnung, kleiner Bruder?«

»Ein Mädchen«, belehrte mich mein Vater. »Ich kenne diese Geschichten. Ich bin schließlich Arzt.«

Nein, Papa, kein Mädchen, wollte ich sagen – ein Yirkpool. Was ein Yirkpool ist, Mama? Nun, das ist eine lange Geschichte.

Ich beschloss, noch einen Versuch zu starten. Ich denke, ein Teil von mir weigerte sich noch immer zu glauben, was Tom war. »Vielleicht hast du bloß Schiss, mit mir Körbe zu werfen. Hast wohl Angst, dass ich dich abzocke?«

»Ja, das ist es. Jetzt zufrieden?«, feixte Tom.

Unsere Blicke kreuzten sich. Gab es irgendein Anzeichen in diesen Augen? Irgendeinen Beweis für die egoistische, böse

Kreatur, die ihn kontrollierte? Nein. Ich wünschte, es wäre anders gewesen.

Man hat keine Möglichkeit vorherzusagen, wer ein Controller ist und wer nicht. Keine. Deshalb sind sie auch so schwer aufzuhalten. In jedem kann einer stecken. Überall.

Selbst in einem Menschen, den du zu kennen glaubst. In einem Menschen, den du bewunderst. Zu dem du aufsiehst. Den du liebst.

Ich wich Toms Blick aus und schaute auf meinen Teller.

Ein paar Minuten später stand Tom auf, um fortzugehen. Ich kannte sein Ziel. Sobald er draußen war, rannte ich hoch zum oberen Telefon, wo mich meine Eltern nicht belauschen konnten, und rief Marco an.

»Er ist unterwegs«, sagte ich.

Danach rief ich Tobias und Rachel an. Ich versuchte auch Cassie zu erreichen, aber ihre Mutter war dran.

»Sie ist nicht da«, sagte ihre Mama und klang besorgt. »Zum Abendessen war sie nicht daheim. Sie ist rausgegangen, um einige Tiere zu füttern, und ist nicht zurückgekehrt.«

Mein Magen krampfte sich zusammen.

»Wahrscheinlich ist sie bloß draußen auf der Koppel und reitet eins der Pferde«, sagte ich und versuchte, mich wie Cassies Mama zu beruhigen. »Sie kennen doch Cassie.«

»Die Pferde sind alle in ihren Stallungen«, sagte sie.

Ich atmete ein paar Mal tief durch. Hier stimmte was nicht. Was mochte Cassie zugestoßen sein?

»Ich geh mal nach ihr suchen«, sagte ich. »Machen Sie sich keine Sorgen. Ich wette, sie hat bloß irgendein verletztes Tier oder sonst was gesehen und ist losgezogen, um es zu retten. Sie wissen ja, wie Cassie ist«, wiederholte ich.

»Ja, ich bin sicher, sie ist wohlauf.«

Okay. Sie war sich ungefähr so sicher wie ich. Doch was konnte ich tun? Der Plan war so angelegt, den Yirkpool zu stürmen und Tom zu retten. Vielleicht wartete Cassie schon bei der Schule.

Könnte ja immerhin sein.

Ich hatte ein ziemlich mieses Gefühl, als ich zur Schule radelte. Mein Fahrrad versteckte ich auf der anderen Straßenseite, wie wir es vereinbart hatten. Dann traf ich Marco und Rachel.

»Cassie fehlt«, sagte ich. »Und wo steckt Tobias?«

Rachel zeigte zum Himmel hinauf.

Die Sonne sank schnell, aber ich konnte Tobias hoch oben kreisen sehen.

»Was ist denn mit dem los?«, platzte es aus mir heraus. »Er hat ein Zeitlimit von zwei Stunden und wir wissen nicht, wie lang diese Sache dauern wird!«

»Vielleicht sollten wir aussteigen, bis wir wissen, was mit Cassie passiert ist«, sagte Rachel.

»Könnte sein, dass sie einfach Schiss gekriegt hat«, sagte Marco. »So geht's mir wenigstens.«

»Schon möglich«, pflichtete ich ihm bei, obwohl ich meine Zweifel hatte. Aber wie heißt es doch: Man kann nie wissen, wer in einer Schlacht tapfer oder feige sein wird.

Ich hoffte nur, dass ich kein Feigling sein würde. Freilich war mein Mund bereits trocken und mein Herz hämmerte bis zum Hals. Dabei hatten wir noch gar nichts unternommen.

Tobias kam herabgeschwebt und landete auf Rachels Schulter. Das erstaunte mich etwas. Warum sollte Tobias auf Rachels Schulter landen? Und sie schien darüber auch keineswegs verärgert, sondern rieb ihren Kopf ein wenig an ihm.

<Machen wir's – oder nicht?>, fragte Tobias.

Das war überhaupt kein guter Auftakt. Das flaue Gefühl in meinem Magen wurde nur noch schlimmer. Von Cassie keine Spur. Und Tobias schon gemorpht.

Alle sahen mich an und erwarteten von mir eine Entscheidung. Es war die dümmste Situation, in der ich je gesteckt hatte.

»Ja, wir machen's«, sagte ich schließlich.

Die Eingangstür der Schule war, wie jede Nacht, abgesperrt. Aber um dieses kleine Problem hatte sich Marco gekümmert. Er wusste, dass ein Fenster im Laborraum nicht richtig schloss.

Durch dieses Fenster stiegen wir in das Labor ein. Es war dunkel, nur der fahle Schein der letzten Sonnenstrahlen glitzerte auf den Glaskolben und Reagenzgläsern. Tobias kam hereingeschwebt und landete elegant auf dem Lehrerpult.

»Lasst mich mal schauen«, sagte ich. Ich öffnete die Tür, so langsam es nur ging, und spähte durch den Spalt hinaus. Durch den fast dunklen Korridor konnte ich den Putzraum sehen. Sogleich schreckte ich zurück.

»Da draußen sind Leute!«, sagte ich. »Drei Personen betreten den Putzraum.«

»Controller«, sagte Rachel. »Schätze, es ist gerade Essenszeit für Yirks.«

Keiner von uns hielt das für sehr witzig.

»Wie sollen wir da reinkommen?«, fragte Marco.

»Sekunde«, sagte Rachel. »Kennen sich die Controller alle untereinander vom Sehen? Ich meine, vielleicht sind wir ja Controller, versteht ihr?«

»Wir sollen also da einfach reinlatschen, als ob wir dazugehörten?«, fragte Marco. »Toller Plan, Rachel. Ich hab 'ne bessere Idee – wir bringen uns jetzt einfach um, dann haben wir's hinter uns.«

»Vielleicht hat Rachel recht«, sagte ich.

»Großes Vielleicht«, erläuterte Marco. »Großes, riesiges Vielleicht. Wie sieht's mit Tom aus? Er würde erkennen, ob man ein Controller ist.«

Ich machte die Tür erneut einen Spaltbreit auf und spähte hinaus. »Vermutlich ist Tom schon unten«, sagte ich.

»Außerdem ist der Flur jetzt leer. Die sind wohl alle ...« Ich verstummte. »Wartet, da kommt jemand.«

Ich starrte hinaus. Es war nicht leicht, Gesichter in der Dunkelheit zu erkennen. Auf jeden Fall waren es zwei Personen. Eine davon trug eine Uniform.

Es war der Controller-Polizist. Und er zerrte irgendwen unsanft am Arm neben sich her. Ich konnte sehen, dass es ein Mädchen war.

Eigentlich wollte ich gar nicht mehr hinsehen.

»Tobias«, sagte ich. »Zeig mir mal, wie gut deine Raubvogelaugen sind.«

Tobias flatterte herüber und landete auf meiner Schulter. Er reckte seinen stolzen Kopf nach vorn und lugte in den Korridor hinaus.

<Ja>, sagte er. <Sie ist es.>

Mir war, als hätte sich der Boden vor meinen Füßen aufgetan. Marco packte mich, weil ich sonst vornüber gekippt wäre.

»Sie haben sie!«, flüsterte ich. »Die Controller. Sie haben Cassie!«

KAPITEL 22

»Wer hat Cassie ... wie?«, stammelte Rachel.

»Dieser Polizist. Der Controller, der draußen bei Cassies Farm war. Der eine, der auch beim Treffen des Freundschaftsklubs mit dabei war. Er hat sie. Er hat sie dabei beobachtet, wie sie versuchte, sich an die Versammlung der Vollmitglieder heranzuschleichen.«

Rachel ließ ein paar saftige Flüche vom Stapel.

Unsere Befreiungsaktion war noch nicht mal angelaufen, und schon war alles eine einzige Katastrophe. Es war deprimierend.

»Okay«, sagte ich finster. »Wir gehen so vor, wie Rachel gesagt hat. Wir rechnen damit, dass dort so viele Controller herumlaufen, dass sich nicht alle untereinander kennen können. Ich meine, sie schleppen doch ständig neue Körper an, richtig? Vielleicht sind wir also neue Controller, okay?«

»Oh, Mann«, stöhnte Marco.

»Hast du etwa 'ne bessere Idee?«, zischte ich.

»Nein«, sagte er. »Tja, dann wagen wir es und ziehen die Sache durch. Jetzt lassen wir die Kuh fliegen.«

»Also, alles klar, wir gehen cool und besonnen vor.« Ich sah Tobias an. »Für dich ist's jetzt eindeutig zu spät, um noch zurückzumorphen. Aber gib bloß Acht, dass sie dich nicht sehen.«

Rachel, Marco und ich traten auf den dunklen Gang hinaus. Meine Beine fühlten sich bleischwer an. Mir schlotterten die

Knie. Ich versuchte lässig zu wirken und lief dabei staksend wie Frankenstein.

Wir gingen zum Putzraum. Zum Glück war der Flur ansonsten menschenleer.

Wir betraten das enge Räumchen und gingen hinein. Ich versuchte mich an die Reihenfolge zum Öffnen der Tür zu erinnern. Den Wasserhahn nach links drehen, dann den zweiten Haken nach rechts.

Die Tür schwang auf.

Von unten drang mehr Lärm herauf als neulich. Vielleicht nahmen ihn meine Menschenohren aber auch bloß deutlicher wahr als meine Echsenohren damals.

Aus der Tiefe war ein dumpfes, schwappendes Rauschen zu vernehmen, fast wie die Gischt von sanft ans Ufer brandenden Meereswellen. Aber das war das schöne Geräusch. Die anderen Laute waren entsetzlich – verzweifeltes Weinen, Schreie in Todesnot, gellende Rufe und schrilles Hohngelächter.

»Und du bist sicher, dass da unten der Yirkpool ist?«, sagte Marco mit nervöser, zittriger Stimme. »Sobald ich hier einen Typen mit Hörnern und 'ner Mistgabel sehe, mach ich 'ne Fliege.«

Ich trat durch die Öffnung. Die Treppe war steil und hatte kein Geländer, sodass man bei jedem Schritt das Gefühl hatte, dass man gleich vornüber kippte.

Wir stiegen gemeinsam hinunter. Hinter uns schloss sich die Tür automatisch.

Zuerst hatte ich wohl nur ein paar Dutzend Stufen erwartet. Aber die Treppe nahm und nahm kein Ende. Wir liefen einfach immer weiter und ständig kamen neue Stufen. Die Wände waren aus Lehm und bald darauf aus Felsgestein, während wir tiefer und tiefer hinabstiegen. Ich hatte das Gefühl, die Treppe würde niemals enden.

»Diese Aliens sind vielleicht ein paar Schlaumeier«, flüsterte Marco. »Wäre doch naheliegend, hier einfach einen Lift einzubauen.«

Wir kicherten alle ein wenig. Ein ganz kleines bisschen. Plötzlich wurde der Abstand der Felswände größer. Wir befanden uns in einer riesigen Höhle.

Und wenn ich riesig sage, meine ich auch riesig. Man hätte darin das Finale der Superbowl veranstalten können, und der Platz hätte trotzdem noch für ein paar Einkaufszentren gereicht. Der Raum sah aus wie eine gewaltige, auf den Kopf gestellte Schüssel, die vollständig aus dem massiven Fels gehöhlt war.

Ganz oben in der Schüssel erkannte ich die schwachen Umrisse einer Öffnung. Mir schien es, als könnte ich dadurch Sterne sehen.

Rings um den äußeren Rand der Höhle konnte ich weitere Treppen erkennen, die wie unsere aussahen. Sie schienen aus allen Richtungen aus den Felswänden zu kommen und führten zum Grund der Höhle hinab.

Wir drängten uns dichter zur Treppenmitte hin. Zu beiden Seiten der Treppe stürzten die Felswände jäh ab.

»Das ist gigantisch«, sagte Marco. »Das ist nicht bloß unter der Schule. Die haben die halbe Stadt untertunnelt. Diese Treppen führen bestimmt zu einem Dutzend geheimer Eingänge hinauf.« Er schüttelte den Kopf. »Jake, die haben die ganze Gegend mit Geheimgängen verbaut. Oh, Mann! Das ist ja so viel schlimmer ... so viel größer ...«

Ich spürte die gleiche Verzweiflung in mir. Was waren wir doch für Narren. Wir hatten es hier nicht mit irgendeinem Häuflein von außerirdischen Bösewichtern zu tun. Um diese unterirdische Stadt zu errichten, mussten diese Wesen über unvorstellbare Kräfte verfügen.

Ja, das Wort traf es recht gut. Eine Stadt.

Der Höhlenrand war ringsum von Gebäuden und Schuppen gesäumt. Und auf der gegenüberliegenden Seite der Höhle konnten wir gelbe Planierraupen und Baukräne in Aktion sehen. An diesem unwirklichen Ort schienen sie erschreckend normal.

Und dann waren da überall Kreaturen. Taxxons, Hork-Bajirs und andere Wesen, die zu beschreiben mir nicht ansatzweise gelingen würde.

Vor allem aber waren dort Menschen. Und zwar eine ganze Menge.

Genau im Zentrum der Höhle befand sich ein Pool, ein kleiner See von vielleicht dreißig Metern Durchmesser und perfekt kreisrunder Form. Nur das Wasser war eigentlich keines. Es bewegte sich eher wie geschmolzenes Blei und hatte auch ungefähr dieselbe Farbe. Das Plätschern, das wir gehört hatten, kam von der sich kräuselnden und umherspritzenden Flüssigkeit des Pools, unter dessen Oberfläche hunderte flinker Wesen hin und her huschten.

Yirks, kein Zweifel. Yirks in ihrer natürlichen Schneckengestalt. Sie schwammen und tollten ausgelassen in dem Pool herum wie Kinder an einem heißen Sommertag.

Unweit vom Beckenrand standen Käfige. Darin saßen Hork-Bajirs und Menschen.

Einige der Menschen schrien um Hilfe. Andere weinten lautlos. Manche saßen nur da und warteten; sie hatten alle Hoffnung aufgegeben. Es waren Erwachsene darunter und Kinder. Frauen und Männer. Mehr als hundert, immer zu zehnt in einen Käfig gesperrt.

Die gefangenen Hork-Bajirs waren in separaten, stabileren Käfigen untergebracht. Heulend liefen sie auf und ab und schlugen mit ihren klingenbewehrten Armen in die Luft.

Ich empfand totale Mutlosigkeit. Ein Gefühl, als sei mein Herz stehengeblieben. Was für ein unvorstellbar grauenhafter Ort. Und wir waren so wenige, und so schwach.

Unterhalb von uns, auf der Treppe, konnte ich den Controller-Cop mit Cassie sehen. Jedes Mal, wenn sie stolperte, zerrte er sie unbarmherzig weiter. Nun waren sie am Fuß der Treppe angelangt.

»Ich morphe jetzt«, sagte ich. »Ich werde Cassie von ihm wegholen.«

Marco legte mir die Hand auf die Schulter. »Noch zu früh, Alter. Bleib cool.«

<Cassie ist in Ordnung, Jake>, sagte Tobias. <Sie ist nicht verletzt. Nur verängstigt.>

»Wenn der es wagt, ihr was anzutun!«, knurrte ich. »Behalte die beiden im Auge, Tobias.«

Über den Pool ragten zwei flache, stählerne Piers. Auf einem kümmerten sich Hork-Bajir-Controller zuvorkommend um eine Kolonne aus Menschen, Hork-Bajirs und Taxxons.

Dies war die Entladestation. Einer nach dem anderen knieten die Menschen nieder, beugten sich nach vorn und senkten ihren

Kopf auf die schleimige Oberfläche des Pools herab. Dabei halfen ihnen die Hork-Bajirs.

Nun war eine Frau an der Reihe. Sie beugte sich ruhig nach vorn; ihr Kopf war nur wenige Zentimeter über dem bleigrauen Pool. Ein Hork-Bajir hielt sie vorsichtig am Ellbogen, damit sie nicht das Gleichgewicht verlor.

Dann sahen wir, wie dieses sich windende, zappelnde Ding aus ihrem Ohr gekrochen kam.

Ein Yirk.

»Oh nein ...«, stöhnte Rachel. Sie hörte sich richtig krank an. »Oh nein. Nein.«

Als der Yirk ganz aus dem Kopf der armen Frau heraus war, plumpste er in den Pool und verschwand unter der brodelnden Oberfläche.

Sofort schrie die Frau auf. »Du Dreckskerl, lass mich los! Loslassen! Ich bin ein freier Mensch! Das könnt ihr mit mir nicht machen! Ich bin keine Sklavin! Loslassen!«

Zwei Hork-Bajirs packten sie. Sie zerrten die Frau zum nächstgelegenen Käfig und warfen sie hinein.

»Hilfe«, schrie die Frau. »Oh bitte, warum kommt mir denn keiner zu Hilfe! Uns allen!«

KAPITEL 23

»Hilfe! Oh bitte, helft uns doch!«

Den ganzen Weg die Treppe hinab hatten wir diese Schreie gehört.

Aber jetzt waren wir dicht genug dran, um mit den Schreien menschliche Gesichter zu verbinden. Es zerriss mir fast das Herz.

Am zweiten Stahlpier befand sich die Implantierstation. Dort wurden die Wirtskörper aus ihren Käfigen gezerrt, um ihnen wieder einen Yirk in den Kopf einzupflanzen. Es war ein ziemlich simpler Vorgang: Sie packten die Wirtskörper, ob Mensch oder Hork-Bajir, und drückten deren Köpfe in den Pool.

Manchmal wehrten sich die Menschen und schrien, manchmal weinten sie auch bloß. Aber sie hatten keine Chance. Wenn ihre Köpfe an den Haaren aus dem Pool zurückgerissen wurden, konnten wir sehen, wie die Schnecken in ihre Ohren glitten.

Wenn dann nach ein paar Minuten die Yirks erneut die Kontrolle übernahmen, beruhigten sie sich wieder. Dann gingen sie fort, abermals von den Yirks versklavt.

Es war ein grauenhafter Fließbandbetrieb vom Entladesteg über die Käfighaltung bis zum Implantierungssteg, durch den die bedauernswerten Opfer in erstaunlichem Tempo durchgeschleust wurden.

Dann war da aber noch eine Zone, die wir erst jetzt einsehen konnten. Dort warteten Menschen und Hork-Bajirs in bequemen Sesseln, schlürften Drinks und sahen tatsächlich fern. Taxxons wuselten um sie herum wie riesige, stachelige Maden.

Die Geräuschkulisse eines Fernsehers drang schwach herüber. Ich war mir sicher, dass ich die Menschen lachen hören konnte. Sie sahen sich die Show an und amüsierten sich prächtig.

<Das sind die freiwilligen Wirte>, sagte Tobias. <Kollaborateure.>

»Wovon redest du?«, fragte ich.

<Erinnere dich an das, was der Andalit uns erzählte. Viele Menschen und Hork-Bajirs sind *freiwillige* Wirte>, erwiderte Tobias. <Die Yirks überreden sie, sich von ihnen übernehmen zu lassen.>

»Das kann ich nicht glauben«, sagte Rachel. »Kein Mensch würde das je mit sich machen lassen. Niemand würde jemals die Kontrolle über sich selbst aufgeben.«

»Es gibt Menschen, die sind echt das Letzte, Rachel«, sagte Marco. »Tut mir leid, dich enttäuschen zu müssen.«

<Die Yirks überzeugen sie, dass mit der Aufnahme eines Yirks all ihre Probleme gelöst werden. Ich denke, darum geht es auch bei diesem Freundschaftsklub. Die Leute glauben, all ihre Probleme hinter sich lassen zu können, wenn sie sich in etwas anderes verwandeln.>

»Beispielsweise in einen Bussard«, bemerkte Marco. Tobias hatte darauf nichts zu entgegnen. Er breitete seine Schwingen aus und flog davon.

»Tobias! Komm zurück!«, rief ich hinter ihm her.

»Wir müssen los«, sagte Rachel. »Wir haben schon zu lang hier rumgestanden und geglotzt.« Sie sah Marco an. »Und du sei nicht so gemein zu Tobias, ja? Wir brauchen jeden.«

Tobias stieß wieder zu uns herab. <Cassie>, sagte er. <Sie ist auf dem Pier. Dem Implantierungssteg. Sie werden sie zu einem Wirt machen.>

Mit meinen normalen Menschenaugen konnte ich das in dem purpurnen Dämmerlicht nicht gut erkennen. Lediglich die Uniform des Polizisten und die kleine Gestalt neben ihm waren für mich auszumachen.

»Kannst du Tom sehen?«, fragte ich Tobias.

Als Antwort schlug er mit seinen kräftigen Schwingen und gewann an Höhe. Ich sah ihn hoch über dem Pool schweben.

Dann kam er im Sturzflug wieder zu uns zurück. <Ich sehe ihn>, sagte er.

Ich zögerte, bevor ich fragte. Ich war mir nicht sicher, ob ich die Antwort hören wollte. »Ist er bei den Käfigen? Oder ... ein Freiwilliger?«

<Er hockt in einem Käfig>, sagte Tobias. <Und schreit aus Leibeskräften die Hork-Bajir-Wachen an.>

»Jaaaaa!« Ich wusste es doch, Tom wäre da nie freiwillig mitgegangen. Sie müssen ihn mit Tritten und Schlägen gefügig gemacht haben.

<Cassie steht bald am Ende des Stegs>, warnte Tobias. <Wir haben nur noch ein paar Minuten, bis sie infiziert wird!>

Es war höchste Zeit. Wir standen am Fuß der Treppe.

Dann rannten wir los und versteckten uns hinter einem der Lagerschuppen. Marco zog mich um die Ecke und flüsterte mir etwas ins Ohr. »Hör mal, bevor wir das hier angehen, musst du mir eins versprechen, Jake.«

Ich wusste, was jetzt kam.

»Wenn ich sterben muss, okay. Aber lass nicht zu, dass sie mich gefangen nehmen und mir eines von diesen Dingern in den Kopf pflanzen.«

»Das geht schon in Ordnung.«

»He, ihr da!«, rief eine Stimme. Eine menschliche Stimme. »Ihr zwei da. Wer seid ihr?«

Ich fuhr herum. Ein Mann. Nur ein Mann. Aber flankiert von einem großen, argwöhnisch dreinblickenden Hork-Bajir. Und auf der anderen Seite von einem Taxxon.

Irgendwie hatte der Mann Rachel übersehen. Sie lauerte gleich hinter der Ecke des Gebäudes. Dafür hatte er Marco und mich reden gesehen. Vermutlich war es ihm etwas merkwürdig vorgekommen.

»Wir?«, fragte Marco. »Wer wir sind? Hey, und wer bist du?«

»Ergreift sie!«, befahl der Mann.

Der Hork-Bajir schritt auf uns zu. Der Taxxon schlitterte vorwärts auf seinen dutzenden von spitzen Stachelbeinen, mit glibberig-roten Wabbelaugen, das Maul erwartungsvoll auf- und zuklappend.

Klar, jetzt musste ich morphen. Aber ich war starr vor Angst.

Dann sah ich Rachel. Sie hatte sich von hinten an die Controller angeschlichen.

Und sie war dabei, sehr, sehr groß zu werden.

KAPITEL 24

Rachel wuchs enorm schnell. Gewaltige, ledrige Ohren kamen plötzlich seitlich aus ihrem Kopf heraus. Ihre Nase reckte und streckte sich, bis sie länger war als ihr ursprünglicher Körper. Ihre Arme und Beine waren so dick wie Baumstämme. Und aus ihrem Mund wuchsen zwei mächtige, gebogene Stoßzähne.

Da stand sie nun, meine Cousine Rachel – fast vier Meter hoch und mehr als sechs Tonnen schwer.

Das Verrückte an der Sache war, dass ich über all das glücklich war.

<Hahaa!>, hörte ich Rachels triumphierendes Lachen. <Ich hab's getan.>

Der Hork-Bajir und der Taxxon kamen näher.

Rachel begann mit ihrem kleinen Pinselschwanz zu wedeln. Ihre Vorderbeine scharrten nervös auf dem staubigen Höhlenboden. Sie hob ihren mächtigen Kopf und reckte ihre über einen Meter langen Stoßzähne vor.

Der Taxxon bemerkte sie mit seinen roten Rundsicht-Wabbelaugen als Erster, aber wahrscheinlich wusste er nicht, wie er reagieren sollte.

Rachel blies zum Angriff. Eben noch hatte sie regungslos dagestanden und im nächsten Moment preschte sie nach vorn wie ein außer Kontrolle geratener Sattelschlepper.

Der Hork-Bajir war schnell. Er wirbelte herum und hieb mit

seiner Ellbogenklinge gegen ihren Rüssel.

Das war zu wenig. Und kam zu spät.

Rachel walzte vorwärts. Eine kleine Fleischwunde konnte sie nicht aufhalten.

<Du lächerlicher Zwerg!>, schrie Rachel wütend. <Du willst MICH angreifen?>

Der Hork-Bajir ging zu Boden und wurde unter ihren gewaltigen Füßen zerquetscht. Er brüllte auf, doch Rachels Trompeten war lauter.

Der Taxxon versuchte zu fliehen. Wie sich zeigte, können Taxxons wegrennen, wenn sie wollen.

Wie sich ebenfalls zeigte, sind Elefanten schneller, als man meint. Sie können *verdammt* schnell sein.

Mit ihrem Fuß erwischte Rachel das hintere Ende des Taxxons. Die Nadelbeine knickten ein und krachten wie zerbrochenes Reisig. Eine gelbe, schmierige Masse sickerte aus dem aufgeplatzten Fleisch des großen Wurms.

Sie walzte ihn einfach platt und ließ von ihm nur einen großen, äußerst unappetitlichen Schleimhaufen übrig. Der faulige Gestank des zerquetschten Taxxons raubte mir fast den Atem.

Der Mensch stand noch immer wie vom Donner gerührt da. Er sagte nur: »Ein Elefant?«, als könne er sich nicht einmal vorstellen, dass es so etwas in Wirklichkeit gibt.

Rachel schlang ihren Rüssel um seine Hüfte.

<Ganz recht>, hörten wir Rachel sagen. <Ein Elefant.> Der Mann schrie. Ich schätze, jetzt war ihm klar, dass es real war.

Rachel schleuderte ihn durch die Luft. Ich sah nicht, wo er aufschlug.

»Schnell!«, schrie ich zu Marco. »Wir morphen!«

»Gut gemacht, Rachel«, sagte Marco. »Erinnere mich daran, dich nie mehr zu ärgern.«

Ich konzentrierte mich auf den Tiger. Ich wusste, sein DNS-Schema war in mir. Ich dachte an ihn und wie er dort in seinem Gehege in den Gardens gelegen hatte mit dem brennenden Wunsch, er wäre zurück im Dschungel, um dort zu jagen und Beute zu reißen. Vielleicht, so dachte ich, würde es ihn nicht stören, welchen Gebrauch ich von seiner Erbinformation machte. Das hier war zwar nicht gerade ein Dschungel, aber es würde reichen müssen.

<Da kommen neue Hork-Bajirs!>, sagte Rachel.

Sie stellte sich ihnen mit kampfbereiten Stoßzähnen entgegen.

Ich fühlte, wie das Morphen begann. Haare wuchsen aus meinem Gesicht. An meinem Hintern wuchs mir ein Schwanz. Meine Arme schwollen mächtig an. Sie waren stark! Mein Hemd zerriss. Ich fiel nach vorn auf die Hände, die jetzt meine Vorderbeine waren.

Diese Kraft!

Es war elektrisierend, wie eine Explosion in Zeitlupe. Ich konnte spüren, wie die Kraft des Tigers auf mich überging.

Fasziniert schaute ich zu, wie aus meinen zwergenhaften Menschenhänden Krallen wuchsen – lange, gefährlich gebogene, reißende, zerfetzende Krallen. Ich konnte spüren, wie die Zähne in meinem Mund wuchsen.

Meine Augen spähten durch die Dunkelheit, als wäre es helllichter Tag.

Vor allem aber diese Kraft! Diese schiere, unvorstellbare Kraft.

Ich fürchtete mich vor NICHTS!

Wild mit ihren Armklingen fuchtelnd, kamen die Hork-Bajirs auf mich zugerannt.

Ich öffnete mein Maul und brüllte. Die Hork-Bajirs blieben wie angewurzelt stehen.

Ja, meine kleinen Hork-Bajir-Freunde, dachte der menschliche Teil meines Gehirns. Es ist Zeit, dem Tiger gegenüberzutreten.

Die Muskeln meiner Hinterläufe waren zum Sprung gespannt. Ich fletschte die Zähne und ließ noch mal ein Gebrüll los, dass der Boden erzitterte.

Mit ausgefahrenen Krallen flog ich durch die Luft.

KAPITEL 25

Ich segelte durch die Luft und krachte gegen die Brust des ersten Hork-Bajirs.

Er fiel zu Boden mit mir obenauf. Er rollte herum und versuchte aufzustehen. Er war schnell. Ich war schneller.

Mit seinem klingenbewehrten Arm schlug er nach mir. Ich duckte mich unter dem Hieb. Meine linke Pranke holte aus, so schnell, dass selbst ich es nicht sehen konnte. Sie hinterließ vier klaffende Striemen auf der Schulter des Hork-Bajirs.

Noch ein Hork-Bajir! Handgelenks- und Ellbogenklingen und Klauen schwirrten durch die Luft. Zwei Rasenmäher in Vollgasstellung.

Und dennoch war ich schneller. Ich kann mich nicht einmal erinnern, was als Nächstes geschah. In meinem Kopf habe ich bloß dieses Bild des Tigers – von mir – mit reißenden Krallen und zuschnappenden Kiefern. Ich war ein Wirbelwind aus orangefarbenem Fell und schwarzen Streifen.

Der Hork-Bajir fiel rücklings. Ich brüllte. Sie machten kehrt und flohen.

Weiter entfernt sah ich Rachel. Sie hob einen Hork-Bajir mit ihren Stoßzähnen empor und schleuderte ihn nach hinten über die Schulter, als wäre er eine Spielzeugpuppe.

Und dann sah ich Marco. Big Jims massiger Leib schälte sich gerade aus Marcos schmächtiger Gestalt.

<Nennt mich einfach King>, sagte Marco. <King Kong.>

Die Wahrheit ist, wie Cassie es gesagt hatte, dass Gorillas sehr sanfte, friedliche und stille Geschöpfe sind. Wahr ist aber auch, dass sie stark sind. Wirklich stark.

Gegen einen Gorilla wirkt ein Mensch im Grunde genommen wie ein Zahnstocher.

Nun sind Hork-Bajirs ganz schön große Kreaturen. Aber Marco verpasste dem am nächsten stehenden einen wuchtigen Schwinger in die Magengrube. Der Hork-Bajir fiel schwer getroffen zu Boden.

Ich brüllte. Rachel trompetete. Marco hob den Hork-Bajir in die Höhe und warf ihn wie einen Hampelmann zur Seite.

Die restlichen Hork-Bajirs machten kehrt und flüchteten.

<Jetzt!>, rief ich. <Bevor sie sich neu formieren!>

Wir griffen an. Rachel pflügte einfach durch mehrere kleine Schuppen und Gebäude wie einst Godzilla auf seinem Weg nach Tokio.

Marco kam angewetzt, schwang seine massigen Unterarme und schlug alles nieder, was ihm in die Quere kam. Und was er traf, stand nicht wieder auf.

Ich rannte direkt in der Mitte hinunter und sah mich um, ob irgendein Controller so dumm wäre, es mit mir aufnehmen zu wollen.

Wir erreichten die Käfige. Die Menschen und Hork-Bajirs drinnen schreckten vor uns zurück. Sie hatten fast so viel Angst vor uns wie vor den Controllern. Mal ehrlich – ein Rettungsteam, bestehend aus einem Elefanten, einem Gorilla und einem Tiger, war nicht unbedingt das, was sie sich erhofft hatten.

Marco begann am Schloss eines der Käfige zu zerren. Das Schloss zerbrach. Die Tür flog auf. Marco tat etwas sehr Menschliches, um sie zu beruhigen: Er machte eine kleine Verbeugung, dann krümmte er seinen Zeigefinger, als wollte er sagen: Los, kommt raus.

Tom kam als Erster heraus. Er blickte angstvoll, panisch und zugleich entschlossen drein. Ich wollte ihm eine Gedankenbotschaft schicken, um ihm zu sagen, wer ich war, doch plötzlich hörte ich Rachel in meinem Kopf aufschreien.

<Jake!>, rief Rachel. <Schau! Cassie!>

Cassie stand fast am Ende des Implantierungsstegs. Das aus Hork-Bajirs und Taxxons bestehende Wachpersonal ging weiter unbeirrt seinen Aufgaben nach. Wieder wurde ein Mensch mit dem Kopf voraus in den Yirkpool getaucht.

<Cassie ist die Nächste!>, schrie ich.

<Keine Sorge>, sagte Marco. <Wir kümmern uns schon um Tom. Geh. Geh, bevor sie ihr das antun!>

Ich zögerte nur eine Sekunde, während mir tausend Gedanken durch den Kopf schossen.

Später würde ich über jenen Augenblick nachdenken ... Vielleicht ... vielleicht ... wenn nur ...

Ich rannte los. Ich musste sie kriegen!

In diesem Moment packten die beiden Hork-Bajirs auf dem Pier Cassie bei den Armen.

»Neeeein!«, schrie sie.

Ich zog auf Höchsttempo davon, sprang über Taxxons und wich Hork-Bajirs aus. Ich flog praktisch.

Aber ich konnte nicht wirklich fliegen. Nicht so wie Tobias.

Hoch oben in der Höhlenkuppel sah ich ihn. Jetzt kam er herunter.

Wie ein Geschoss. Mit vorgestreckten Klauen.

Tobias traf den ersten Hork-Bajir mit etwa achtzig Stundenkilometern. Er stieg wieder auf, und der Alien griff sich in die schleimige Masse, die einmal seine Augen waren.

Mehr brauchte Cassie nicht. Sie riss sich los und rannte zurück, den Steg entlang.

Endlich war ich dort angelangt und stürmte auf den verbliebenen Hork-Bajir zu.

<Morph!>, schrie ich Cassie zu. <Morph und lauf zur Treppe zurück!>

Sie sah zu den anderen Menschen und Hork-Bajirs hinter ihr in der Schlange. »Lauft! Los, lauft alle!«

Das ließen sie sich nicht zweimal sagen. Cassie stürzte sich in die in Panik geratene Menge. Sekunden später tauchte über den Schultern der Menge ein Kopf mit einer schwarzen Mähne auf. Cassie hatte sich in ein Pferd verwandelt und galoppierte in Richtung Treppe.

Ich setzte ihr nach und rannte um den Pool herum zurück zu Marco, Rachel, Tom und den zahlreichen Wirten, die sie aus den Käfigen befreit hatten.

Die Controller begannen sich neu zu formieren. Eine Gruppe Taxxons schlitterte heran, um Cassie und mich aufzuhalten. Sowohl die Hork-Bajirs als auch die Taxxons waren jetzt bewaffnet.

<Hopp und drüber!>, sagte ich zu Cassie, als wir uns der Phalanx der Taxxons näherten.

<Hopp und drüber!>, rief sie zurück.

Ich machte einen Satz und Cassie sprang. Seite an Seite flogen wir über die verblüfften Taxxons. Sie feuerten aus ihren Handwaffen Draconstrahlen ab, doch zu spät. Die Strahlen zischten hinter uns durch die Luft, aber da waren wir schon vorbei.

Unmittelbar vor mir konnte ich Rachels graue, massige Gestalt sehen. Die Treppe lag vor uns. Ich sah Marco mit Tom.

Wir würden es schaffen!

Und dann trat er anmutig aus einer Gruppe von Hork-Bajirs hervor.

Er wirkte beinahe harmlos in seinem Andalitenkörper. Ein freundliches Wesen, halb Mensch, halb Hirsch, mit bläulichem Fell und einem zusätzlichen Augenpaar auf seltsamen Stielen.

Visser Drei sah keinesfalls zum Fürchten aus. Nicht im Vergleich zu den Hork-Bajirs, den Taxxons oder selbst zu unseren eigenen irdischen Tieren.

Aber Visser Drei hatte den Körper eines Andaliten. Er besaß die Morphingfähigkeit eines Andaliten. Und er hatte sich auf seinen Reisen durch das gesamte Universum die genetischen Muster von Ungeheuern angeeignet, wie man sie auf der Erde noch nie gesehen hat.

Ein Taxxon glitt neben Visser Drei und sprach. Es war ein unheimliches, pfeifendes Geräusch. »Sssviir trrreeess-fiuu eeeesstriuu.«

Visser Drei sagte nichts. Er schaute mich bloß aus den senkrechten Schlitzen an, die seine Augen waren.

<Dieser dämliche Taxxon sagt, dass ihr wilde Tiere seid>, sagte Visser Drei. <Er will wissen, ob er und sein Bruder euch

fressen können.> Er lachte lautlos. <*Ich weiß* jedoch, dass ihr keine Tiere seid. Ich weiß, wer und was ihr seid. So! Ihr Andaliten seid also doch nicht alle umgekommen, als ich euer Schiff verbrannte?>

Ich brauchte ein paar Sekunden, bis ich begriff, was er meinte. Dann durchzuckte es mich. Natürlich! Er hielt uns für Andaliten. Er hatte gemerkt, dass wir Morphs waren und keine echten Tiere. Und er wusste, dass die Andaliten die einzige Rasse mit Morphingtechnologie waren.

<Meine Hochachtung, dass ihr so weit gekommen seid. Aber es wird euch nichts nützen. Denn jetzt, meine tapferen Andalitenkrieger, ist es Zeit. Zeit zu sterben.>

Er begann zu morphen.

<Diese Gestalt erwarb ich auf dem vierten Mond des zweiten Planeten einer sterbenden Sonne. Na, gefällt sie euch?>

Ich erkannte, dass meine Hoffnungen unbegründet gewesen waren.

Wir würden es *nicht* schaffen.

KAPITEL 26

Aus Visser Dreis Andalitenkörper wuchs das Monster in die Höhe. Es war so hoch wie ein Baum und überragte nun sogar Rachel. Mit acht wuchtigen Beinen und acht langen, spindeldürren Armen, an deren Ende jeweils eine dreifingerige Klaue saß. Und an der Stelle, wo das oberste Armpaar herauswuchs, kamen die Köpfe.

Köpfe. Jawohl, Mehrzahl. Und zwar gleich acht Stück. Dieses Ungeheuer hatte es irgendwie mit der Zahl acht.

Selbst die Hork-Bajir-Controller wichen zurück. Nicht einmal sie mochten in der Nähe von Visser Drei sein, wenn er sich in diese Gestalt morphte.

Die Taxxons dagegen drängten dichter zu ihm hin und scharten sich um ihren Anführer wie eine Meute hungriger Hunde, die nach Tischabfällen giert.

Ich war starr vor Entsetzen, wie betäubt. Sogar der Tiger, der ein Teil von mir war, war verwirrt und besorgt.

Ich hatte mich schon fast an die Vorstellung gewöhnt, dass wir in unseren Morphingkörpern unbesiegbar wären. Gegen dieses Monster konnten wir jedoch gar nichts ausrichten.

<Lauft!>, schrie ich den anderen zu. <Die Treppe rauf!>

Cassie stupste zwei der Menschen aus den Käfigen an und warf den Kopf in den Nacken. Nachdem sie erkannt hatten, was sie wollte, kletterten sie endlich auf ihren Rücken.

Dann galoppierte Cassie auf die Treppe zu.

<Ja, lauft nur>, lachte Visser Drei höhnisch. <Damit gebt ihr ein lohnenderes Ziel ab.>

Dann ging Visser Drei zum Angriff über.

Einer der Köpfe spie eine wirbelnde Flammenkugel aus. Ein Feuerball wie ein Geschoss.

Er schwirrte durch die Luft und prallte gegen den Rücken einer der Frauen, die auf Cassie ritten.

»Ahhhh!« Schreiend fiel sie herunter und wälzte sich am Boden, um die Flammen zu ersticken. Mit nur einer Reiterin setzte Cassie ihren Höllenritt fort und erreichte schließlich das Ende der Treppe.

<Zielübungen!>, lachte Visser Drei und feuerte aus seinen acht Köpfen eine Flammenkugel nach der anderen ab.

Eine versengte meine Schulter und zischte vorbei. Eine andere traf Rachel am Ohr, sodass sie in meinem Kopf aufschrie und vor Angst lostrompetete.

Die Luft war voll Feuer.

<Alle raus hier!>, brüllte Marco.

<Ja, lauft! Lauft zur Treppe!>, wiederholte ich. <Rachel! Beweg dich! Bahn uns einen Weg!>

Gemeinsam hasteten wir zur Treppe, aber da hatten uns die Taxxons bereits umzingelt. Jeder, der vor Visser Drei floh, wurde von den Taxxons einkassiert.

Aus dem Augenwinkel sah ich Tom. Er schwang seine Fäuste gegen zwei Taxxons, die ihn in die Zange genommen hatten. Tom konnte ihnen nicht wehtun, versuchte es aber dennoch.

Rachel kam angewalzt, mähte einen von ihnen nieder und

trampelte ihn mit ihren baumstammdicken Säulenbeinen platt. Marco schlang seine Arme um den zweiten Taxxon und nahm ihn in die Mangel, bis er aufplatzte und sich seine stinkenden Gedärme über den Boden ergossen.

Rachel hatte die ersten Stufen schon genommen und blieb jetzt stehen. Ein Elefantenleib ist schon toll. Aber zum Treppensteigen völlig ungeeignet.

<Morph dich zurück!>, rief ich Rachel zu.

Fast augenblicklich begann sie zu schrumpfen, aber wir hatten keine Zeit abzuwarten, bis sie vollständig zurückgemorpht war. Rachel begann ihren Weg die Treppe hinauf als eine schwankende graurosa Masse, halb Mensch, halb Elefant. Sie torkelte auf grotesken, halb fertigen Beinen und zog einen verschrumpelten Rüssel hinter sich her, der ihr hübsches Gesicht grässlich entstellte.

Wir rannten. Aber es war aussichtslos.

Nachdem wir ein paar Dutzend Stufen genommen hatten, waren gerade mal noch eine Hand voll Menschen und zwei freie Hork-Bajirs bei uns. Die Übrigen waren alle wieder gefangen genommen oder verbrannt worden.

Ein Feuerball explodierte zu meinen Füßen und ich fauchte. Trotzdem setzten wir unseren Rückzug fort.

Wir hatten schon dreißig Meter der Treppe geschafft, als die beiden letzten befreiten Hork-Bajirs von den Feuerkugeln des Vissers niedergemäht wurden. Brennend stürzten sie zu Boden.

Visser Drei stieg nun ganz allein die Treppe hoch. Er war so gewaltig, dass er kaum auf die Treppe passte. Ich wusste, wenn wir erst den Punkt erreichten, wo sich die Wände schachtförmig verengten, würden wir vor ihm sicher sein. Ich schaute hinauf und sah, dass Cassie oberhalb von uns mit ihrem einen Reiter schon fast außer Gefahr war.

Für den Rest von uns sowie für Tom und ein trauriges Häuflein befreiter Menschen wurde es dagegen bitterernst.

Visser Drei begann den Treppenschacht vor uns mit Feuer zu belegen. Wir saßen in der Falle. Vor uns Flammen. Visser Drei selbst hinter uns.

»Nein!«, hörte ich eine vertraute Stimme rufen. »Nein, du widerlicher Dreckskerl! Diesmal gewinnst du nicht!« Das war Tom.

Ganz allein ging er auf Visser Drei los, mit nichts als seinen Fäusten bewaffnet.

Einer der Arme des Vissers kam herabgesaust und flog ihm entgegen.

<Tom!>, schrie ich. Mein Tigerkörper brüllte mit aller Kraft. Doch das Brüllen ging unter in dem Lärm schreiender Menschen und pfeifender Taxxons.

Ich sah, wie Tom unter dem Hieb des Vissers strauchelte. Er fiel vom Treppenrand.

Jetzt gab es kein Halten mehr für mich.

Noch ehe ich wusste, was geschah, war ich oben auf dem Visser und schlug meine Krallen in sein Fleisch. Ich kletterte auf und hinter einen seiner acht Köpfe.

Der Tiger in mir wusste, was zu tun war. Ich vergrub meine Zähne in seinen Hals, biss mit meinen kraftvollen Kiefern zu und ließ nicht mehr los.

Ein anderer Kopf drehte sich nach hinten und spie eine

Feuerkugel nach mir. Ich duckte mich. Aber die zweite Feuerkugel brannte sich in meine Flanke. Ich sprang ab.

Der Visser brüllte vor Schmerz. Ich brüllte vor Hass.

Und wir rannten, rannten, rannten diese endlos lange Treppe hinauf, mit hundert Albträumen auf den Fersen.

KAPITEL 27

Wir rannten. Erschöpft, ausgepowert und von panischem Entsetzen getrieben, rannten wir um unser Leben.

Visser Drei hatte einen Fehler gemacht. Er war zu groß in seiner Morphinggestalt, um uns noch weiter die Treppe hinauf verfolgen zu können.

Als wir ihm schließlich entkommen waren, hörte ich Visser Drei einen schrecklichen Fluch ausstoßen. Er schrie: <Ich werde euch alle töten, ihr Andaliten. Lauft nur weg, es spielt keine Rolle! Ich werde euch alle töten!>

Ich denke schon, dass es eine Rolle spielte. Wir hatten zwar Visser Drei nicht vernichtet, aber wir waren lebend aus der Sache rausgekommen – wir Animorphs.

Insgesamt hatten wir genau einen Menschen befreit – die Frau, die auf Cassies Rücken aus diesem Hölleninferno in die Freiheit geritten war.

Und Cassie war unverletzt entkommen. Geschnappt hatte sie der verdächtige Controller-Polizist. Er war der einzige Controller, der ihren Namen und ihre Adresse kannte und wusste, dass sie beim Freundschaftsklub spioniert hatte.

Aber Cassie sagte, wir bräuchten uns wegen ihm keine Sorgen mehr zu machen. Sie wollte allerdings nicht darüber reden, was mit ihm passiert war.

Tja, und Tom ... mein Bruder.

Tom war nicht frei.

Ich lag auf meinem Bett, zitternd und bibbernd und weinend von den Nachwirkungen des Grauens, als ich ihn später in jener Nacht heimkommen hörte.

Er würde nie erfahren, dass ich der Tiger war. Er würde nie wissen, wie knapp meine Befreiungsaktion gescheitert war.

Jetzt war er wieder ein Controller. Der Yirk steckte erneut in seinem Kopf.

Cassie, Marco, Rachel und ich hatten es alle die Treppe hinauf geschafft. Wir hatten uns auf den Flur einer Schule gerettet, die für uns nie mehr die alte sein würde.

Und Tobias? Auch er hatte überlebt.

Der Morgen dämmerte bereits, als mich Flügelschläge an meinem Fenster aus dem Tiefschlaf rissen.

Ich öffnete, und Tobias flog ins Zimmer.

»Du hast's geschafft!«, freute ich mich. »Oh, Mann, hast du mir vielleicht Angst eingejagt. Ich dachte schon, du wärst noch immer da unten gefangen. Also, ich hab mir schon gedacht, dass du dich irgendwo in der Höhle verstecken konntest. Aber du hattest dich doch schon lange vorher gemorpht. Und ich war besorgt, du könntest dich nicht zurückmorphen, ohne geschnappt zu werden. Schön, dich wiederzusehen.«

<Danke gleichfalls, Jake>, sagte er. <Wie geht's den anderen?>

»Sie leben«, sagte ich. »Sie sind am Leben. Ich denke, das ist das Einzige, was zählt.«

<Ja. Das ist das Einzige, was zählt.>

»Los, Tobias«, sagte ich. »Morph dich zurück. Du kannst hier bleiben. Ich überlass dir sogar mein Bett. Ich könnte auf

Nägeln schlafen, so müde bin ich.«

Er sagte nichts. Und in meinem Herzen hatte ich es wohl schon die ganze Zeit über geahnt. Ich wollte es nur nicht wahrhaben.

»Komm schon, Tobias«, wiederholte ich. »Morph dich zurück.«

<Jake ...>

»Jetzt mach schon, zurück in die Menschenwelt, du Spinner. Heute Nacht wird nicht mehr geflogen.«

<Eine Zeit lang hielt ich mich in der Höhle versteckt>, sagte er. <Sie haben mich nicht gesehen. Aber ich musste in Deckung bleiben, bis ich raus konnte. Jake ... es hat zu lange gedauert. Zu lang. Mehr als zwei Stunden.>

Ich starrte ihn nur an.

Schaute auf seine laserscharfen Augen, seinen gefährlichen Krummschnabel und seine scharfen Fänge. Und auf seine Flügel, jene breiten, kraftvollen Schwingen, die ihn fliegen ließen.

<Schätze, das bin von jetzt an ich>, sagte Tobias.

Ich spürte, wie mir die Tränen über die Wangen liefen, aber es war mir egal.

<Ist schon okay, Jake. Wie du gesagt hast, wir sind am Leben.>

Ich ging zum Fenster und blickte hinauf zu den Sternen. Irgendwo dort oben, bei einem dieser kalten, funkelnden Sterne, lag die Heimatwelt der Andaliten. Irgendwo da oben gab es ... Hoffnung.

<Sie werden kommen>, sagte Tobias. <Die Andaliten werden kommen. Und bis dahin ...>

Ich nickte und wischte mir die Tränen ab. »Ja«, sagte ich. »Bis dahin werden wir kämpfen.«

UND SIE KÄMPFEN WEITER!

EIN KURZER BLICK IN BAND 2 …

ANIMORPHS

DER BESUCHER

Ein Teil von mir wollte einfach losrennen. Selbst ein Hologramm von Visser Drei beschert einem noch eine Gänsehaut. Aber jetzt, wo sie dahintergekommen war, dass es nicht echt war, langweilte sich die Katze in mir nur.

Ich erkannte, warum ich Visser Drei hören konnte – der Hologrammprojektor beherrscht nicht die Übertragung von Gedankensprache. Vielmehr übersetzte er sie in reguläre Wortsprache.

»Gibt es Fortschritte bei der Suche nach den andalitischen Banditen?«

»Nein, Visser. Bis jetzt nichts.«

Mir war klar, wen er mit den andalitischen Banditen meinte: uns, die Animorphs.

»Ich will, dass sie gefunden werden. Und zwar JETZT!«

Bei diesem Befehl des Vissers sprang Chapman überrascht auf. Ich konnte riechen, dass er Angst hatte.

In ruhigerem Tonfall fuhr Visser Drei fort. »So darf es nicht weitergehen, Iniss zwo zwo sechs, das kann nicht sein. Der Rat der Dreizehn wird davon erfahren. Sie werden sich fragen, warum ich ihnen berichtete, alle andalitischen Schiffe im Umkreis dieses Planeten seien zerstört und alle Andaliten getötet worden. Sie werden Verdacht schöpfen. Sie werden wütend sein. Und wenn der Rat der Dreizehn wütend ist auf mich, dann bin ich wütend auf dich.«

Chapman zitterte buchstäblich. Ich roch Menschenschweiß. Und noch etwas anderes. Etwas, das nicht ganz menschlich war. Sehr schwach nur … war das Yirk selbst, den ich da witterte? Roch ich die Yirkschnecke in Chapmans Kopf?

Das schien unmöglich. Aber da war irgendein fremder Geruch. Etwas … etwas … Ich nahm all meinen Katzenverstand zusammen, um den Geruch zu analysieren.

»Was ist das?«

Chapman wirbelte in seinem Stuhl herum.

Ich sah hoch und erstarrte. Chapman schaute mir pfeilgerade in die Augen. Und was noch schlimmer, viel schlimmer war: auch Visser Dreis Peilaugen waren auf mich gerichtet.

»Das ist eine Katze«, sagte Chapman nervös. »Eine irdische Haustierspezies. Die Menschen halten sie in ihrer Nähe und finden Trost bei ihnen.«

»Warum ist sie hier drin?«

»Sie gehört dem Mädchen. Meiner … der Tochter meines Wirts.«

»Ich verstehe«, sagte Visser Drei. »Na, dann töte sie. Töte sie auf der Stelle!«